もうひとつの空の飛び方

『枕草子』から『ナルニア国』まで

荻原規子

角川文庫
22242

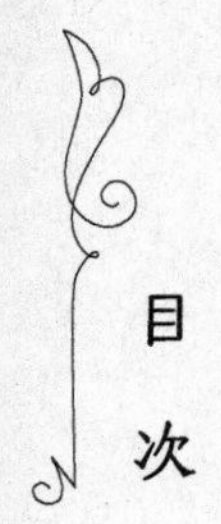

目次

子どものころに読んだ感動

わたしがファンタジーに出会ったのは、小学生のとき、児童文学の中でだった。

小学生のわたしは、「神話や昔ばなしには作者名がなく、ファンタジーにはあるけれど、この二つはどこかで同じものをもっている」と、感じとっていた。そういう、神話的な生き物や言葉を話す動物の出てくる作品が大好きだった。

大きくなってから、わたしにとってファンタジーとは何かと尋ねられると、この最初の出会いを基準に語ってしまう。けれども、わたしが学生になったころは、ファンタジーがまだまだ一部の人間にしか受け入れられていなかった。大学の児童文学サークルの先輩には、そのような実のない本ではなく、子どもの社会的情況を扱った作品を読むべきだと勧められたものだ。

一方で、わたしが大学に入ったころから、コンピュータゲームが若者の娯楽として幅をきかせるようになった。その後は、ファンタジー作品といったら、多くの人が想定するのは、ロールプレイングゲーム的な世界設定を取り入れた若者向けの文庫作品だったりした。わたしには、かみあわないと感じる年月が続いていた。

ところが、二〇〇〇年代になると、急に風向きが変わった。いうまでもなく、アメリカの大作映画がつぎつぎと、児童文学ファンタジーを取り上げたせいだろう。この波は、最新CG技術の見せ場としてやってきたとは思うが、それにしても、まさか『指輪物語』や「ナルニア国物語」が、本屋でこれほどまばゆい脚光を浴びる時代が到来しようとは、わたしにもまったく予想できなかった。

このところ、ぼんやりと、わたしも自分にとってのファンタジーを、どこかで語ってもいいのかもしれない……と、考えるようになってはいたのだ。けれども、日々の中ではなかなか時間を取れず、実行に移せずにいた。

たまたま理論社の担当編集氏から、理論社のホームページに掲載するWEBエッセイを書きませんかと依頼されたとき、他人に語ってみせるべき日常がわたしにあるだろうかと首をひねっていて、ふと、このことを思い出した。

「読んだ本をテーマにするエッセイだったら、書けるかもしれません――新刊本ではなく、昔にくり返し読んだ本を取り上げることにして」とお答えすると、それでいいということになり、ＷＥＢマガジン「もうひとつの空の飛び方」が始まった。

ここに収められた文章の大部分は、ＷＥＢマガジンとして二〇〇三年九月から二年間、月一回の更新で掲載してきたものだ。しかし、Ⅳ章「ナルニアをめぐる物語」中の「ナルニア螺旋（らせん）」は新しい書き下ろしで、Ⅴ章「私的ファンタジーの書き方」は、アエラムック『日本語文章がわかる。』（朝日新聞出版）に「ファンタジーの書き方」として寄稿した文章を収録している。

エッセイだから、硬いことは考えずに書きつづろうと思った結果、過去に読んだ児童文学ファンタジーの話というしばりも、それほど守らないものになってしまった。と、いうより、思い出の作品といえども、文章にまとめ上げるほどの感想は、その日そのときに触発される何かがなければそうそう浮かび上がるものではないと、あらためて知ることになった。

けれども、これらを書くのはとても楽しかった。

作品の執筆と重なった時期もあったけれど、それほど締め切りが苦にならなかったくらいだ。大学の先輩の前で言えなくて引っこめた、読み手としての記憶にとことんこだわった主張を、こんなふうに人前で語ることのできる年齢と立場になったのだなと、しみじみ思った。

まとめて読み返してみると、硬いことは考えないと決めたくせに、やけに文章が硬いのが自分でも苦笑いだ。児童文学を語るとなると、いまだにどこかで研究サークルのレジュメを書いている気分になるのかもしれない。

I ファンタジーの根っこ

遠い場所遠い国

読書好きな小学生だったと思う。

両親は、「少年少女世界の名作文学全集五十巻」（小学館）を家にそろえてくれたけれど、自分たちは一文字も読んでいない。読みきかせをしたり、内容の感想を言い合う人たちではなかった。三歳下の弟も読まなかった。わたし一人が、ほぼまんべんなく目を通していたようだ。そして、「読んでおもしろい作品は、どうもイギリス編、フランス編、アメリカ編に多い」という見解も、その時点で得ていた。

この全集が小学校入学前から小学三年までの間、月一回配本で家に届いた。このことがわたしの読書好きを育てたと言ってかまわないのだが、この、なかなかおすましな公式見解には、同じくらい強力な裏の要因がある。

両親が、マンガを買ってくれなかったのだ。

買わなければ読まないと思ったら大まちがいだ。わたしは極端にマンガに目のない子に育った。ピアノ教室の順番待ちとか、理髪店の順番待ちとか、小児科や歯科の待合室までしっかり活用して、一期一会（いちごいちえ）の気合いでマンガをむさぼり読む子どもだったのである。

小学生が本気になったときの集中力はすごい。次号が気になるのにとうとう読めなかった連載のいくつかが、いまだに脳裏に焼き付いている。

当然ながら、週一回のピアノ教室が一番の供給源だった。幼稚園から中一になるまでピアノを習ったわたしだけど、半分はマンガを読みにいっていたような気がする。

この環境でもって、速読の能力が発達した。たまに友人の家でみんなでマンガを読むことがあると、他の子どもの三倍くらいの速度で読んでいた。

マンガのせりふはスペースが限られているために、意外にルビふり漢字を多く使う。マンガを読んで自然に覚えた漢字や言葉づかいが多かった気がする。

漢字が多いと読む気がしないとか、カタカナ名の登場人物が出てくる本は読む気がしないなどと言っている読書の苦手な人は、たぶん、マンガもそれほど読んでいない老若男女（ろうにゃくなんにょ）だと思う。どうしてどうして日本のマンガ文化はあなどれません。

　世界名作といった古典の作品群に、わりあい抵抗なく入っていけたのは、同じ基盤に立つ物語の法則や世界のつかみかたを、熱心に読んだマンガや熱心に見たアニメで、すでに触れていたからだと思えてならない。多少底が浅いことは否めなかったけれど、物語づくりをするとこうなるということが、子ども心にもすんなり納得できたのだ。

　日本の近代文学（と、それに準じた日本児童文学）のほうが、むしろ違和感をたたえていると思った。日本の近代文学には妙に「物語」がないのだ。同じ底流をもっているものは、よっぽどマンガのほうが多かった。

『ジャングル・ブック』を読む前に「狼少年ケン」を知っていたし、『十五少年漂流記』『海底二万里』等のジュール・ベルヌの小説も、そうとうマンガの世界に亜流をもっていた。また、少女マンガ（及びアニメ）の「魔法使いサリー」のような、妙に西洋的な生活をする少女のお話は、翻訳ものの少女小説と同じ匂いをもっていた。

　小学四年になって、全集が一度読んだ作品の読み返しオンリーになったとき、わたしが一番再読したのは『赤毛のアン』（ルーシー・モンゴメリ作、村岡花子訳）だった。

少女小説金字塔のこの作品に、思春期をむかえつつある年頃（としごろ）だったわたしは見事にはまったらしい――衣食住すべて異なる、昔かたぎなプリンス・エドワード島の少女の日常に、ものめずらしくて憧れる（あこがれる）気分とともに。

そういう、西洋の生活舞台に憧れる気分も、少女マンガの西洋趣味ですでに味わっていたと思う。そして、外国の知らない風俗や知らない生活に魅力を感じ、登場人物になってみる想像力を持つならば、ファンタジー（が読める）体質は半ば以上獲得できているのだ。

風景にも食べ物にも、多学年が一教室にいて、なぜかリンゴやハート型のキャンディを持ってくることが許される学校にも憧れた。マシュウがアンに贈った「ふくらんだ袖（そで）」のドレスは当然のこと、マシュウが女性の店員に言えずに買ってしまった「黒砂糖」にさえ憧れた。今考えても、すべてがファンタジーだと言っていいくらいに、まったく身近にあり得ないものごとばかりだったのだが。

当時『赤毛のアン』に引きつけられた理由は、自分の日常から遠くへ行きたい願望を満たすと同時に、一巻ずつアンが成長していく続編「アン・シリーズ」をもっていることで、児童から脱皮しようとしている自分に、先の展望を見せてくれたせいだと思う。

ただ、それがあまりに昔かたぎな見解に終わるために、高校生になるとこのシリーズに反発を感じだしたということはある。けれども、そのことも女性の生き方を考える機縁ではあって、ずいぶんたくさんのものをもらったと感じている。

『赤毛のアン』に入れ込んだころ、わたしは『枕草子(まくらのそうし)』の現代語訳も読んでみて、おもしろいと思った。(じつは『源氏物語』現代語訳も同時に読んだのだけど、こちらはまだ味わうのは無理だった。女性たちがはきはき応答しないことにじれったくなって、読み通せなかったのだ。)

『赤毛のアン』の日常もファンタジーだが、わたしは『枕草子』も同感覚で読んでいたみたいだ。そこに描かれる宮廷生活は異世界のように遠いのだが、端々(はしばし)にはふと、共感できる卑近(ひきん)なものごとがある。『枕草子』はそういう、微細な感覚ゆえに千年たっても不変なものを、ずいぶん的確にとらえているのだ。

それは、良質の少女小説がもっているものに通じる。共通しているのは、女性ならではの日常生活の観察能力だろう。平安時代もまた、わたしたちとは衣食住すべて異なる場所なのだが、「赤ん坊が、はいはいの途中で小さなゴミを見つけ、小さな指でつまみあげて得意げに大人に見せたのが、すごくかわいらしかった」とか、「急いで縫い物を仕上げようとして、糸に玉結びをつくらないで針を引き抜いてしまったのは、すごくくやしかった」とか、千年前とも思えずに深く納得できるのがおかしい。

中学校へ行って、『枕草子』が好きだと言ったら担任に驚かれたが、わたしは特別な読書をしているつもりはなかった。外国の少女小説くらいの気分だったのだ。

わたしが古文を好きになるきっかけが、このとき読んだ『枕草子』だったことは言うまでもない。内容に対して距離を感じなかったので、古文で読むことにも臆さなかったのだ。

そして、わたしにとっては日本の古典を好きになる感覚も、ファンタジーを好む感覚と同等であって同じ場所に存在するのだと、しみじみ思う。書物のなかの異なる環境、異なる生活に、ある種の生活実感を獲得することが、ファンタジー読みには重要なことなのだ。

神話とファンタジー

わたしが小学生のころにそろえた「少年少女世界の名作文学全集」は、どうして日本編のラインアップがあのようなものだったのだろう。今思うと、少し不思議になる。大半が古典の現代語訳だったのだ。

いやいや、『次郎物語』と『路傍の石』と『坊っちゃん』と『山椒大夫』くらいは収録されていたっけ。しかし、これらも児童文学とは言いがたい。その他で覚えているのは、『古事記』、『風土記』、『今昔物語』、『義経記』、『太平記』と『太閤記』、『椿説弓張月』や『謡曲狂言物語』などで、古文の教科書でもあまりお目にかからないような古典作品がそろっていた。

何でもとりあえずは読んでみる、小学生の読書の勢いでこれらを読んでしまったのだから、編者のもくろみは達成しているかもしれない。しかし、『椿説弓張月』などという、源為朝を主人公にした伝奇作品など、知っている人はあまりいないのではないだろうか。作者は『八犬伝』の曲亭馬琴だ。

最近たまたま岩波「新日本古典文学大系」の『保元物語』をひもとき、保元の乱で敗者側ながらも奮戦する源為朝に出会って、おや、この時代の人だったかと思ったものだった。

日本編に素直に目を通したとはいえ、イギリス編やフランス編やアメリカ編といった外国の巻には、『宝島』や『秘密の花園』や、『十五少年漂流記』や『家なき子』や、『オズの魔法使い』や『若草物語』といった、少年少女が活躍してわくわくするお話がたっぷり載っているのだから、なんだか違うなあと思わざるをえなかった。

わたしが日本児童文学をあまり読まず、翻訳作品ばかり好んだ素地は、このあたりで作られてしまったかもしれない。

一方で、古典作品へのとっつきがよかったことも、ここで作られた素地だったのかもしれない。特に、小学生のうちにごく無邪気に、大量の他の文学作品とともに『古事記』を読んだのは得がたい経験だった。

わたしは動物物語が好きだったし、神話のたぐいも好きだったようだ。全集本の強みで、『ギリシア神話』『北欧神話』を並べて読むことができた。神話に準じるものでは、『ホメーロス物語』や、カレワラに材をとった『ワイナモイネン物語』や、『聖書物語』や、中世の『ニーベルンゲンの歌』『ローランの歌』や、『中世騎士物語』というアーサー王伝説系があったと思う。『アラビアン・ナイト』があったし、インドの『シャクンタラー』などもあった。

おもしろいと思って読んだのではなかったはずだ……神話、伝説は、気持ちよく読み収めることはできないのだ。苛烈だったり破滅的だったりして、むしろ不快かもしれないのに、印象が強烈で、しばらくするともう一度読んでみたくなる。

そしてわたしは、そうとう早い時点に、『ギリシア神話』と『古事記』には同じモチーフがあることに気がついていた。黄泉の国へ死んだ妻をとりもどしにいったオルフェウスとイザナギノミコト。冥界の食物を食べたペルセポネーとイザナミノミコト。怪物を退治していけにえの姫を救出するペルセウスとスサノオノミコト。

不思議だと考えこむことはなく、ばくぜんと、神話とはそういうものなのだと思っていた。グリム童話とイギリス民話に似かよったお話が入っているのと同じで、何かの型があるのだろうと。

そして、深く意識したわけではないが、『古事記』をたいそうグローバルなものだと感じていて、神話が日本編にもあるのを誇らしく思ったおぼえがある。

文学作品はすべて、神話（伝説、民話を含めて）を取り込むことができる。その中でファンタジーというジャンルは、元の神話の原理に近いところで展開するための自由度をそなえた領域と言えるのではないだろうか。

ファンタジーを定義する見解はいろいろあるだろうから、これはあくまで私個人の見方なのだが。トールキンやルイスが、フェアリーテールを子ども部屋へ押しこんでしまった近代に異議を唱え、大の大人が真剣に取り組む価値があると示した後に確立した作品群が、現在の（狭義の）ファンタジーだと思えるのだ。

それを感じたのは、わたしが児童文学に再会した高校生のころだ。

じつをいうと、やたらに読書家の小学生だったわたしは、中学三年間、すっぱりと読書を見限っていた。中学校の図書室を思い出せない。

とくに児童書に関しては、中学生のあいだ、もう卒業しなければならないものだと思いこんでいたふしがある。『赤毛のアン』シリーズくらいは再読していたのだが。

ところが、部活を引退して高校受験にかかりきりになる日々がきたとき、なぜかわたしは小学生のころ何度も読んだC・S・ルイス「ナルニア国物語」(岩波書店)を再読し、再評価したのだった。自分でもそのことが意外で、これと似た作品が世の中にもっとあるのかどうか、高校生になったら読んでみようと思った。

そうしたら、わたしが本から離れていた年月に、児童書の翻訳出版が新しい局面を迎えていた。ローズマリ・サトクリフ『ともしびをかかげて』や、アーシュラ・K・ル=グウィン「ゲド戦記」に代表される、児童書と呼ぶのをためらうような作品、高校生になった自分が読んでちょうどいい創作がぞくぞくと刊行されていたのだ。これにはびっくりしてしまった。

そういう人生のタイミングだったとしか言えないのだが。

これでわたしは、一生児童文学とつきあう運命を迎えてしまうのである。

このとき出会った児童書のなかで、ケルト神話に遭遇した。

BBC放送「ザ・ケルツ」がアイルランドの音楽家エンヤを一躍有名にする、ずっと前のことだ。

ケルトに関して一般向けに紹介する本はまだなく、日本ではろくに知られていなかった。わたしが読んで感銘を受けたのは、ル＝グウィンと同じくトールキンの影響を受けてファンタジーを書き始めた世代の作品、アラン・ガーナー『ブリジンガメンの魔法の宝石』『ゴムラスの月』『エリダー』『ふくろう模様の皿』と、ロイド・アリグザンダー「プリデイン物語」全五巻（いずれも評論社）だ。

だが、わたしが本当に魅せられたのは、彼ら双方が作品の素材に使用したケルト神話だったと思う。

ケルトは、ヨーロッパにいきわたったキリスト教文化の古層にある、ローマ化を拒んで追いやられた、（帝国から見れば蛮族の）土着文化だ。ケルトの宗教は、シーザーが残した『ガリア戦記』などでかすかにしか察せないし、神話体系は散逸して、ウェールズやアイルランドの文献に断片的にしか残っていない……はっきり言って、治世者の意図でゆがめられたと言われる日本神話以上に、かえりみられず埋没してしまった神話なのだ。

けれども、作家たちが（狭義の）ファンタジーの創作を始めたとき、拾い上げてくるのはそういう古層の感性だということが、わたしには興味深かった。そしてまた、その素材が圧倒的な力をたたえていることが、読んでいてまざまざとよくわかるのだ。

ガーナーとアリグザンダーはまったくタイプの違う作家で、ケルト神話を素材にしたファンタジーを書いたといっても、味わいはまるで違う。それなのに、個人のわざをかるがると超えて、どこか暗くておどろおどろしい「ケルト」が行間に顔を出してくる。知らない神話だっただけに、その力の大きさに驚いた。

神話学や深層心理学の本を読むようになったのは、もっとずっと後のことだったけれども、このときたしかに、神話と個人の創作力にはどこか決定的に違うものがあると感じたのだった。そして、そういうものに向き合って個人の創作を試みてもいいのが、ファンタジーというジャンルではないかと。

特に、ロイド・アリグザンダーという作家はアメリカの人だった。いかにもアメリカ人らしい個性で、ケルト神話の幽遠な部分をうまく薄めて作品化した成功例なのだ。わたしはこの物語が大好きだったが、アニメやコミックにふさわしい世界になっていることも否めない。

自国の歴史は二世紀あまりのアメリカの人が、ウェールズの『マビノギオン』を素材にして奔放にファンタジーの創作をしている。それくらいなら、自国に『古事記』という神話文献をもっている日本人は、自分の住んでいる土地の神話を素材にしたファンタジーが創れるのではないかな……と、わたしは考えたのだった。

初めてそう考えた日が、高校二年の三月、修学旅行前日だったことをよく覚えている。その日に「プリデイン物語」の最終巻を手に入れたからだ。

自分で実行したのは、それからはるかな後のことだったけれども、きっかけはここで芽生えたと言っていいのだった。

ホラーより恐い？

『ふくろう模様の皿』（アラン・ガーナー著　評論社）を読んで、「これは、はっきりいってへたなホラーより、ずっと恐いです」と感想をのべたのは、理論社の担当氏だ。

わたしも、なるほどそうだと思ったけれど、高校生のとき読んで、ホラーだと思ったわけではなかった。そのときは、ひたすら不思議な内容で、妙に場面場面が強力で、多少わけがわからないのに深く印象づけられると思っただけだった。

この作品を好きになったのは、怪異が当たり前のように起こるウェールズの谷が、独特の雰囲気をかもしだしていたからだ。

現代に神話がくり返されるほど閉塞した、地方の土地柄が匂ってくるようだが、一方では若者同士の会話が軽妙で、意味のないジョークをとばしたりするところが、わたしの好みに合っていた。

だが、その後、ロンドンで行われたSF作家の連続講演集『解放されたSF』（東京創元社）を読み、アラン・ガーナーがその一人として、『ふくろう模様の皿』の創作秘話を「内なる時間」というタイトルで披露しているのを知った。その内容を読んだら、わたしもこの作品がへたなホラーより恐くなった。『解放されたSF』はもう絶版の本なので、そのへんをちょっと語ってみたい。

アラン・ガーナーは、『ふくろう模様の皿』が連続TVドラマとして放映されたおり、みずから小説を八回分の脚本に書き改め、ロケにも同伴したそうだ。

ところが、作品を脚本化することは、彼にとって予想外に不快で極度に疲労する作業だった。その不快感は、撮影が始まると身体症状に達し、開始時刻にいつも遅刻するようになった。さらに悪化すると、撮影が一シーン終わるごとに物陰で吐くようになった。

麻痺（まひ）の感覚と、演じる俳優に対する極端な怒り――なかでも全員のお荷物だった一人には、真剣に殺意を抱き、実際に飛びかかりかけたという。

撮影はどうにか終了したが、そののちガーナーは見当識を失い、世界が崩壊し、常人としてふるまえなくなっていた。かろうじて精神科医をたずね、医師に、あなたが自発的に申し出られたのが救いだと言われたそうだ。

ガーナーはこの体験を、自分の十五歳の痕跡を、内部と外部に同時に見たことによる障害だったと語り、二十年抱えていた爆弾が、撮影によって信管に火をつけられたのだと説明する。四年をかけて『ふくろう模様の皿』を執筆した、意識的作業の最中には起こらなかったできごとだった。

カウンセリングの医師が発した、たった一つの問いで、彼は原因の理解に至ることができた。その質問とは、

「『ふくろう模様の皿』は過去時制の三人称で書かれているのですか、それとも現在時制の一人称で書かれているのですか?」というものだった。

小説は、過去時制の三人称だった。そうして自分で注意深く遠ざけていたものを、うっかり目の前の現実にしてしまったため、起こってしまった崩壊だったのだ。

ガーナーが創作したものが、ふつうの青春小説だったならば、そこまで自身に仇な

すものにはならなかったと思う。だが、彼の体験を知った上で『ふくろう模様の皿』を読みなおすと、さもあろうという気分になってくる。

作品が空恐ろしいような強度で抱えているものは、神話の気配だ。しかも、ウェールズに残存するケルト神話——消えた文明がヨーロッパの西の果てにわずかに残った、最後の断片なのだ。それだけに、地元のメンタリティがどれほどその神話に根づいているかを思いやることができる。

ガーナーが、何を面前にしたせいで精神状態をおかしくしたか、それは個人の問題で詮索する必要はない。だが、本人が処理し終えたと思っていたものを、深淵からひきずりだす強力さをそなえた存在——それが、神話だと思う。

神話はたぶん、扱いかたをまちがえると一個人に破壊的に働くほど、じつは恐いものなのだ。

『ふくろう模様の皿』には、わたしが高校生で読んだときに、まだよくのみこんでいなかった含みがいろいろある。一番大きなものは、主要な三人の若者のうち、アリスン、ロジャとグウィンを隔てる壁だろう。

ホワイトカラーとブルーカラーの階級差が、まだまだ社会問題として大きく存在するのがグレート・ブリテンであり、グウィンが、自分の将来は閉ざされていると感じていることが、三人の感情のもつれにかかわってくる。

アリスンとロジャは、父母の再婚による血のつながらない兄妹だ。ウェールズの屋敷で休暇を過ごしにきた理由も、両親の子づれの新婚旅行の意味あいをもつ。遠慮がちでぎこちない家族関係の中、アリスンは料理人の息子グウィンとともに、天井裏から風変わりな花模様の皿を見つけ出す。そして、皿の花模様を紙に写し取り、切り抜いて紙のフクロウを作ることに熱中しはじめるのだ。

同じころ、ロジャは川へ泳ぎにいって、丸い穴のうがたれた一枚板のような大岩を発見する。まだ事件が始まりもしない時期に、ロジャがこの岩のもとで、飛んでくる黒い影とだれのものでもない悲鳴を経験するシーンは、不吉な予感に満ちあふれて強烈だ。

大岩は、神話に語られるグロヌーの岩――フリュウの妻、花から造られた乙女を寝取った男の死に場所だった。グロヌーは、報復の槍を恐れて岩を盾としたが、フリュウの槍は岩をも貫いてグロヌーを突き刺したのだ。花から造られた乙女は、恋人が始末されたのち、呪われてフクロウに変えられる。

グウィンは聡明で行動力のある若者で、同じ年頃のアリスン、ロジャと対等に口をきいているが、使用人の子の自分には一線が引かれていることを、知らないわけではない。

それでもなお、あるいはそれゆえに、グウィンはアリスンに恋心を抱くが、アリスンは結局、自分の立場を超えてグウィンに応えることができない。さらにロジャも、悪意のある言葉で彼を傷つけてしまう。

フクロウにされた花の乙女の逸話が、男女の三角関係を語るものであり、二人の男の一方が死ぬことでしか解決されなかったことが、不吉な雲行きをあおりたてる。

アリスンが解き放ったフクロウは作るはしから姿を消し、皿は花模様が消えて白い皿に変わる。屋敷の壁に塗りこめてあった花の乙女の壁画が発見され、さらにその壁画もくずれ落ちる。

二人を恨むグウィンだが、谷に縫い込められた神話の力に翻弄されていることに、わずかながら気づきはじめる。なぜなら彼の一代前にも、グウィンの母親をめぐって神話に似た三角関係の悲劇が起こったことを、屋敷のもう一人の使用人、ハーフベイコンから知らされることになるのだ。

若者たちは、縫い込められた因縁を打破しなくてはならない。しかし、神話の力は彼らの前に超自然の様相で立ちふさがるのだった——

『ふくろう模様の皿』に関しては、わざわざファンタジーとして描かなくても、写実的な方法で十分描ききれたテーマではないかという論評が、早くからあったように思う。

けれども、わたしはそうは思えない。もしも神話が現実となるシチュエーションを物語に取り入れなかったら、『ふくろう模様の皿』はこんなに力のある小説にならなかっただろうし、ガーナーが自分の精神を危険にさらすこともなかっただろう。

「内なる時間」を読んだのは、わたしが創作に手を染めるずっと前だが、読んで以来、ガーナーの体験を肝に銘じるようになった。

神話をいじることは、たいへん危険な行為なのであって、敬虔に慎重に扱わないと、他人には見えないどこかの場所で恐ろしい報復が返ってくると。

神話が深みからひっぱり出してくるものは、理性では手におえない強制力をもち、かなり恐い——そういう思いを、わたし自身も少しはしている。本人が思ってもみないところで、あばかれたことに後から気づくこともある。

一番びっくりさせられたのは、やはり、最初に書いた『空色勾玉』だった。『古事記』を創作ファンタジーに持ち込むのはやめたと、ふんぎりをつけたとたんにできたのが、あの話だったのだ。だれも信じてくれないとは思うけれど。

スサノオを創作に活かすのはすっぱりやめにして、たよりない何も考えない神の末っ子と、彼を隠蔽する双子の兄姉を用意してみた。それなのに、ふたを開けたら、活かそうとした試みよりもよっぽど三貴子に通じていたのだ。

わたしの知り得ない、わたしの根っこの部分に神話の水脈があるのだと、このときから思うことにした。コントロールしようと考えるのは分を超えているほど、大きな無意識の奥底にある、生まれた土地とのつながりなのかもしれない。

感覚タイプのファンタジー

ユングは、人間の性格を「外向的」「内向的」の二方向に分類し、それぞれをさらに「思考」「感覚」「感情」「直観」の四タイプに分けた。わたしが学生だったころ、別冊宝島でこの性格分類を紹介していて（執筆者は秋山さと子氏だった）、興味深く読んだ。

その中で、自己診断のための設問に答えると、わたしはどうころんでも「内向的」タイプになるのだった。そして、内向的「感覚」「感情」「直観」タイプのどれかに当てはまっても、絶対に「思考」タイプにはならないのだった。

ファンタジーは、書く人も読む人も、内向する性質を有することは否定できないだろう。自分の内側にある別世界を見つめるまなざしが、外向的な態度から生まれるとは考えにくい。外向的性格の人にもよく本を読むタイプはいるだろうが、そういう人は、ファンタジーのような「役に立たない」読書はしないような気がする。

　ユングのタイプ論が臨床的な精神分析にどう使われるのか、わたしはよく知らないけれど、すべてが内向的なものごとであるファンタジーを考えるとき、「思考」「感覚」「感情」「直観」の四タイプに対応する作品は必ずあると思う。

　特に、思考タイプのファンタジーと感覚タイプのファンタジーがあるのは確実だ。思考タイプの典型といえば、ヨースタイン・ゴルデル『ソフィーの世界』（NHK出版）だろうし、感覚タイプの雄といえば、J・R・R・トールキン『指輪物語』（評論社）になるだろうから。

　他方、感情タイプのファンタジーは、創作メルヘンのような、叙情がメインの作品だろうし、直観タイプのファンタジーは、ナンセンス作品の流れをくんでいるかもしれない。しかし、この二つには個人的にあまり言及する気がない。問題は、わたしの好むファンタジー作品はほとんどが感覚タイプであって、同じくらいベストセラーが存在する思考タイプのファンタジーに、ひどく質の違いを感じることなのだ。

　しかもこれが、なかなかお国柄で分かれているように見えるのである。感覚タイプのイギリス作家と、思考タイプのドイツ作家とに。（ちなみに、フランス作家はさらに明晰な思考とエスプリを好むため、ファンタジーの需要そのものが少ないようだ。)

児童文学に限らず、推理小説などを読んでいてもしみじみ感じるが、イギリスでは作品全般が、外見的な細部に非常にこだわった叙述をする。典型的なのが室内描写で、観察することで浮かび上がる住人の特徴に書き手の興味があるのだが、同じ西欧人でも、ドイツやフランスの人々はこういう書き方をうっとうしく感じるらしい。同じくページをさくならば、もっと大事な内面思考や論理があるだろうに、と。

日本人にとっても、近代文学の流れからすると、イギリス的な態度はなじまないかもしれない。(古典はまた違う気がするのだが。)だからなのにちがいない、日本で最初にファンタジーとして社会的評価を得た作品は、ミヒャエル・エンデの『モモ』(岩波書店)であり、二番目に評判になったのは、ゴルデルの『ソフィーの世界』だった。どちらもドイツ語の作品だ。

正直言って、国内の多くの人が認知し、誉めることのできるファンタジーがこの二作家のものだったため、わたしはとっても失望していた。わたしにとって、これらはあまりに理づめに作られた物語で、わたしが長らくファンタジーに求めていたものが満たされないのだ。けれども、思考タイプのファンタジーのほうが、主旨が明確で評論家の受けがよいという特徴を必ず持っている。わたしのファンタジーの求め方は、ひょっとすると最後まで大多数にはわかってもらえないのかと思った。

そこへやってきた「ハリー・ポッター」ブームなのである。その波にのる形で、トールキン『指輪物語』などもかつてない勢いで国内に認められるようになった。

J・K・ローリング「ハリー・ポッター」シリーズ（静山社）は二〇〇四年現在未完の作品なので、わたしも最終的な評価を下せない。だが、ようやく胸をなでおろす気持ちになったのは事実なのだった。「ハリー・ポッター」シリーズは、どういう角度でながめようとも思考タイプには入らない。完全に感覚タイプの作品なのだ。

これは本当にタイプの問題だから、思考タイプのファンタジーを否定するつもりは毛頭ない。ただ、長いあいだけっして広くは認知されなかった感覚タイプの大ヒット作品だから、少しくらい肩入れしてもいいような気がする。

感覚を喜ばせることにいさぎよく捧（きさ）げられた作品は、年少者に受け入れられると同時に、謹厳な大人からは何かしらうさんくさく見られる。皮相なものになり下がる危険性をたしかにもっているし、有用な教育効果があるとは思われないし、美点を論理だった評価で裁断することが難しい。

細部の感覚を愛(め)ですぎて、あやうく内容がなくなりそうな傾向というのを、トールキン『指輪物語』もC・S・ルイス「ナルニア国物語」(岩波書店)も、確実にかかえている。『指輪物語』があれほど長いのは、旅のランドスケープを、ここまでしなくてもと思うくらいみっちりと書きつづっているからだ。

彼らは作家として直感的にそのことに気づいていて、感覚にこだわる書き方の弱さを、神話の骨太なストーリーのもとに展開させることで補完した。わたしには、そういう成り立ちをもった創作作品がファンタジーだと思えてならないのだ。

先日、中沢新一著『人類最古の哲学』および『熊(くま)から王へ』(ともに講談社選書メチエ)を読んでいて、神話とは、人類が石器時代に現在の脳の構造を得たとき、最初におこなった哲学的思索であり、どれほど語り口が幻想的であっても、本質は徹底して現実感覚を離れず、あくまで現実を究明しようとしていた……という主旨の内容に出会った。ああ、なるほどと思うと同時に、わたしがファンタジーを通して求めていたものも、それかもしれないと考えた。

『人類最古の哲学』『熊から王へ』では、宗教的なものに発展する幻想のための幻想——それは同時に、国家を生みだす幻想のための幻想でもある——以前の形態が神話であって、現実にはあり得ないことがおこるのも、動物が人間と同等にしゃべったりするのも、現実を見すえ、現実のアンバランスを思想の上で正すための方策だったと論じている。

たとえば、熊と人間が言葉を交わして、熊の世界につれていってもらい、熊とは毛皮を被った自分たちだったと知る物語などは、現実に起こることではなく、これからもけっして起こらないことを、語る人々も知っている。だが、思想の上だけでも狩られる動物と狩る人間の不均衡をなくすことで、精神世界にバランスをつくりだす装置だった……という論旨だった。

そのようなものとして神話をながめると、太古の物語群は、一見突拍子もない内容を語っていると見えても、実際はどれもが鋭い観察眼で現実をながめたからこそ発生する話だということに気づく。観察するまなざしと皮膚感覚が生み出していると言ってもいい。

この、一見幻想を語っているようなのに現実に密着している感触が、感覚タイプのファンタジーに似ていると思えるのだ。トールキンもルイスも教授であり、神話を深く味わい深く理解できる人だった。彼らが神話を自作に導入したのは、それだけ親和性があったからで、いきなり借りてきたはずはないのだ。

創作に神話をもちいながら、あくまで細部の感覚にこだわっていく書き方は、現代人のわれわれが神話をもう一度自分のものとして味わいなおすため、直感的に用いている方策だと言えなくもない。

少なくとも、わたしは、そういうものが読みたくてファンタジーに注目したのだと思う。神話と言い切ると、少々限定されすぎてしまうが、昔話も英雄伝説も、人類がかかえている「典型」のお話、類話が数あっても本質が抽出できるようなお話は、ぜんぶこの範疇(はんちゅう)にはいる。『人類最古の哲学』で紹介していた「シンデレラ」のバリエーションのように。

われわれが石器時代から自分たちの根っこにかかえる物語は、そのままの形では、新鮮さをもって驚きなおすことはできない。だからこその、感覚の追求なのだ。もう一度動物と（エルフと、ドワーフと、）さしむかいで会話するために、自分の足で山を越え川を渡り、クエストの旅をまっとうするために、友を得るために、自分の大切なものを知るために、個人の五感に訴えるものを必要とするのではないかと思えるのだ。

自分がこのタイプの持ち主だから、他のタイプにはそう詳しくものが言えないだけかもしれない。だが、わたしがどうしても感覚タイプのファンタジーを好む理由は、このあたりにある。「ハリー・ポッター」シリーズも、最終的にどのような地点へ（どのような神話へ）着地するかが、名作になるかどうかの分かれ道だと思う。できることなら、がんばってほしい。

文章を書く

夏休みの国語の課題——たいていの場合、テーマのある作文か読書感想文だろう——に、うんざりする学生は多いだろうなと思う。

わたしも大嫌いだった。

だいたい、作文を書くのは嫌いだったし。今だって、「税金」をテーマに作文を書けとか、「福祉」をテーマに書けとか、課題図書を読んで読書感想文を書けなどと言われたら、わたしはぜったいに逃げ出す。

大人になるってすばらしい……逃げ出すことが可能になるから。学生諸君も早く大人になって、思うぞんぶん逃げてほしい。ただし、大学までは、レポートという名で同様のことを延々と強要されると思う。

こうした課題のどこがそれほど苦痛かというと、紋切り型の型がすでに存在するところだろう。多少のバリエーションがあるといえども、型にはめないと体裁のととのったものにならないと、ふつうは書く前に気づいてしまうところだ。

気づかない無邪気な書き手もいて、それはそれでよい作品ができることがあるだろうし、これとは反対に、定型のなかでこそ要領よく書きあげる技術を見出す人がいて、得意なことと好きなことと思っているかもしれない。

それでも、やっぱり大多数の人間にとっては、たいした情熱もなく書かねばならない課題であって、やっつけに紋切り型にならうしかなさそうなのだ。

よく知らない人には、あれだけ分量を書くなら、文章は得意だろうと思われる。小さいころから作文が得意だったのでしょうねと言われる。

そういうものではありません。

わたしは、十代の終わりころになるまで、自分に創作ができるとは考えなかった。小さいころの将来の夢に「作家」と考えたことは一度もない。そのくらい、自分の作文は絶望的だと、自分でもよく承知していたのだ。

課題作文の紋切り型のことを言ったが、わたしはどちらかというと、この定型がつめこまれすぎて身動きできないような子どもだった。

小学四年生のころ、同級の、愉快で勉強が嫌いな男の子の作文にひどく感心したことを覚えている。わたしは放送委員で、お昼の放送にその子が作文を読み上げるのを補助したため、ずいぶん印象に残っているのだ。もう、吹き出さないようにこらえるのが大変だった。

ミミズののたくったような字で、本人にしか（本人にも）読めないような原稿だったけれど、明るく本音で書かれた、とりつくろうところのない文章で、本当に痛快だった。子ども心にも、どうしてクラスの担任がこの作文をよいと思ったかがよくわかった。

「子どもらしい」からだ。

そうか、大人は天真爛漫（てんしんらんまん）をよしとするのか……と考えるあたりが、もうすでにその資格を失っている。そのことがわかって、少し淋（さび）しかった。

わたしはけっこう努力して、よく勉強するよい子の位置にいて、クラスから市のコンクールに出品する作文を何点か書いていたけれど、入賞はしなかった。体裁をととのえることは知っていても、文章の中で自分を表現することをほとんど知らなかったのだ。

自分の作文は、けっしてトップレベルに到達できないと、なんとなくわかっていた。今ひとつ必要なものが欠けているのだ。

小学生のうちにそれほど明確な分析ができたわけではないけれど、ぜったいに作文が得意にならないと思いつめた理由は、たぶんそのへんにあっただろう。当時は、紋切り型の表現を嫌悪(けんお)していることに気づいていなかった。作文を書くとはそういうものと信じていたのだ。

もう一つ、わたしという子どもは、作文を他人の前で読まれることが、なぜか耐えられないほど恥ずかしかった。

もともとはにかみ屋の性格ではあったけれど、それにしても、先生がクラスのみんなの前でわたしの文章を読み上げると、身もだえするほど、汗をかくほど恥ずかしかったのだ。

今ふり返ると、ちょっと度をこしている。当時も不思議に思っていた——どうして自分以外のクラスメートは、作文を読まれても、それほど苦痛に思わない様子なのだろうと。

たぶん、心にもない空虚な文章だということを、自分が一番わかっていて、まとめるためにまとめた結論に向かうのを聞いていられなかったのだろう。

とにかく、あまりに恥ずかしくてへきえきしたため、これでは作家になれると思わなかったのも当然だった。

ところで、児童文学には作家をめざす女の子が多く登場する。

『赤毛のアン』シリーズのアン・シャーリーは小品を雑誌に載せるような女性になるし、同じモンゴメリ作の『可愛(かわい)いエミリー』シリーズのエミリーは、もっとはっきりと作家志望の少女だ。

だれの心にも鮮やかな印象を残す少女として、『若草物語』のジョー・マーチが作家をめざしているし、『あしながおじさん』のジュディ・アボットも同じく作家への道をあゆむ。その他、探せばもっと出てきそうだ。

作家が一番よく知っているのは、作家になるタイプの人間のことなのだから、多く登場するのは当たり前といえば当たり前だ。こういう少女たちの物語を好んで読みながら、自分に重ねることはついぞ考えてもみなかった。

……アン・シャーリーに憧れた時期はあって、アンのようになれたらと思ったことはあった。けれども、検討したところ、わたしにはアンのように「豊かな想像力」がないのだった。わたしは、自分を紫のドレスを着たとびきり美しい女性だと想像することはいっときもできなかった。想像力のある人間になりたいなあと切に思った。

上手な文章であるばかりでなく、文章の中に自分を解放する方法というのは、それほど大勢の人間が見つけるものではないと思う。

身体を使った自己表現とは異なる、かなり特殊なスキルであって、しかもまわりくどいものだから、たいていの人なら、追い求める労力を得るものに見合わないと考えるだろう。それが本当だ。

かなり特殊な態度で人生を抱えこみ、やむにやまれず文章に向かい、それしか方法がなく核となる自我をぶつける人たちが、私小説タイプの小説を書くのだろうと、わたしは思う。しかし、文章による自己表現としては、もっともストレートでスムーズだ。

ファンタジーというジャンルを見出し、初めて創作することができたことは、こうしてわたしが、なかなか文章で自分を表現することができなかったことと無縁ではないと思える。


ファンタジーの創作は、たとえば自伝的な私小説の創作と、どこかで対極的な方法をもっている。書き手の自分を開いていくのではなく、消せるところまで消していくようなところがある。

もっとも、終点は同じだ。どのように書いていっても、できあがったものは作者を展開したものでしかない。だが、ファンタジーの場合は、消そうとする努力によって、作者個人が分散した影として遍在するようになる……というか、書き手がそのことによって、初めて解放されるところがある。

わたしは、自分が紫のドレスを着た美女だと想像することはできなかった。けれども、ここではない別の時間、別の世界にいる、一人の美女ならわけなく想像できたのだ。

彼女の性格、彼女の立場や、その世界が彼女にかかわる機構をひっくるめて。

美女はわたしではないし、わたしがなりたい人物とも違う。わたしの思惑(おもわく)はその世界の大気に溶けてしまい、自我の制約を離れて生まれる人物なのだ。

ファンタジー世界を創(つく)り上げる空想は、じつはそれほど奔放なものではないと思う。現実を違う目で見ようとするアンの空想のほうが、よっぽど奔放で、本人の素質がいる。

なぜなら、太古からわれわれは別世界を創って想像していたのであり、そこでのふるまい方には、はるかな過去にさかのぼる軌跡があるからだ。神話、伝説、昔話にそのノウハウが残されている。

一方、自分を消していく方法でファンタジーを創らず、核となる自我を捨てずにファンタジー世界を旅しようとすると、たいへん危険な行為になる。生々しい個人の問題に没頭しながら神話的な表象(ひょうしょう)にふれると、スパークしてとんでもないものを暴(あば)き出すかもしれないのだ。

傑作が生まれる余地がないとは言わないが、万人に伝わる形をとる前に個人が傷つくだろう。

じつは、この神話、伝説、昔話がもっているパターンを、紋切り型と呼んでもそれほどまちがっていない。ものごとには、どこへ行ってみても紋切り型があるものなのだ。

作文の定型がいやでたまらなかったわたしだが、こちらの定型には抵抗がなかった……そのあたりが、個人の資質と呼ばれるものなのかも。

しかし、大嫌いだと明言したにもかかわらず、わたしは学校の作文教育が必要なかったとは言いたくない。だから、課題に苦しむ学生のみなさんに深く同情するものの、取り組まなくていいとは言わない。

自分の思ったとおりのことを文章で他人に伝えるのは、予想以上に困難なことなのだ。

ものごとに紋切り型があるのは、そうすれば少しでも誤解を避けられるからの方策だともいえる。

いやでもこれを叩きこまれていないと、他人のだれも目にしたことのないファンタジー世界など、描きだすこともできなくなってしまう。自分一人で満足するならともかく、だれかに読んでもらう文章を書くための努力は、どこかでかならず必要なのだ。

II アニメと児童文学と

孤独の問題

生まれて初めて映画館へいって、見た映画はディズニーアニメだった。

まあ、わが両親も妥当な線をいっています。

「バンビ」を見にいったのだ。

わたしはまだ、ふつうに座るとスクリーンが見えないくらい小さくて、折りたたみのシートを立てたまま、その上に座らされたことを覚えている。幼稚園に入る以前だった。

映画を見る前から、わたしがあまりにバンビファンだったので、両親がその気になったと記憶している。ゆえに目を皿のようにして見た。

当時のディズニー映画は、アニメと実写の二本立てで掛かっていて、同時上映の実写作品が「首のない馬（木馬？）」というタイトルだったことも覚えている。半分以上上映されてから中に入ったので、とうとうどんな話かわからず、あとあとまで気になった。

映画館そのものがめずらしかったし、大好きなバンビが目の前で動くというので、すべてを食い入るように見たのだろう。驚くほどあれこれ覚えているのだが、思い返せば笑えることに、わたしにとってバンビとは、大きな頭と背中に白い斑点（はんてん）をもつ、あのキャラクターのみだった。

作品半ばでバンビは斑点のない若鹿（わかじか）となり、それからまだ話が続くというのに、もうさっぱり何が何やらだったのだ。わたしのバンビは最初のほうしか出てこないとわかり、だまされたような気分だった。

牝鹿（めす）をめぐる牡（おす）同士の闘いなど、理解不能なのだから、ますます何が行われているのかよくわからない。だいたい、ファリーネという女の子鹿は、バンビをからかう意地悪な個体だと認識していたので、どうして仲よしになるのかと首をひねっていた。

それゆえ、「わたしのバンビ」の最終シーン、いなくなってしまった母鹿（ははじか）を必死に呼びながら吹雪の中にフェイドアウトするシーンが強烈に印象に残った。（カットが切り替わるとすでに春で、全身茶色のバンビが現れるのだ。）

暗示するように銃声だけ響くのだが、この時点のわたしには、母鹿の死をさとるような結びつけはできなかった。主人公バンビもたぶんそうだと思うが、ひたすら理不尽に、母親が現れないと感じた。死別の理屈は通じず、ただ、独りにされた事実だけがある情況。そのほうがずっと恐ろしい気分になるものだ。


三歳から四歳のころに、わたしの平凡な人生の中では大きな変化があった。弟が生まれ、引っ越しをしたのだ。

このころの記憶がやけに鮮明で、いまだに思い出せるものが多いのは、風景が切り替わることで前後を思い出しやすいせいだろう。そして、心細く不安な感情に彩（いろど）られているせいだろう。当時のわたしは、すごくすごく不安だったのだ。

弟に母をとられた（と、はっきり感じた）ことと、見慣れた家と遊び場がなくなって、へたをすると迷子になるということが重なっての心細さだった。

引っ越ししてすぐのころに見た不安夢を、いまだに覚えているから自分でもすごいと思う。

夢の中では以前の町に住んでいるのだが、家に帰ろうとすると、両隣の家は並んでいるのに自分の家だけが見つからない。または、今の家の玄関を入ったら、怖い人にかかえこまれてしまう――それなのに、母親は平然とドアを閉めて去っていく。または、乳母車をおした母親が、迷路の出口のような世界のはてにいて、わたしがどんなに走っても追いつかない……

小さな子どもは、けっこうたいへんな世界に生きているものだと、ふり返って思う。わたしはこれらの夢があまりに怖かったもので、今でも思い出せるのだ。

こういうわたしだったから、吹雪のなかで母鹿を呼ぶバンビをくっきりと覚えているのかもしれない。もしくは、理不尽に独りにされたバンビが、わたしの不安の引き金を引いたのかもしれない。夢と映画の前後関係は、さすがにはっきりしないのだ。

原作『バンビ』を活字で読んだのは、小学校二、三年のころだ。母鹿がハンターに撃たれたことを、ここでようやく理解した。

ディズニーの「バンビ」がホームビデオになったのは今から数年前（一九九九年）だが、最近のディズニーアニメを知ってから見なおすと、よくエンターテインメントに取り上げたなと思うような、地味な作風に思える。原作も同様で、かなり重々しく思索的な作品だ。

森に生まれた子鹿が、初めてのものごとにあれこれ驚きながら、だんだん鹿の暮らしを覚えていく前段は、アニメと同じで初々しく楽しい。けれども大きく違うのは、ファリーネに双子の弟がいたことだ。

そして、バンビの母親が撃たれたときと同じ狩りで、弟鹿は人間につれさられ、ペットとして飼われる。この弟が、若鹿となったバンビとファリーネの前に現れることが、中盤の大きな事件になるのだ。

人間に飼われ、太って色つやよく育った弟鹿が、鹿としてどれほど愚かで傲慢で、まちがったうぬぼれをもつようになったかが、これでもかと描かれる。弟は結局ハンターに殺されるが、最後まで自分は人間に好かれていると主張し続けるのだ。

一方で、バンビがまだ幼かったころ、ちょっとしたことで母親を捜して泣いていたとき、そばを通りがかり、「おまえは独りではいられないのか」といましめた孤高の王様鹿が、じつはバンビの父親だということが、徐々に判明する。

アニメにあった山火事からの救出のように、王の鹿はここぞというときに現れてバンビを助けながら、真に生き抜く知恵を授ける。それはつまり、孤高の王位の継承であり、物語の最終部分は、王としてだれとも群れずに過ごすようになったバンビが、母を捜して泣いている子鹿に声をかけ、過去の自分を少しだけ思い出すことで終わる。

独りぼっちが怖い、母に見捨てられるのが怖い――というのが、アニメ「バンビ」を見た当時のわたしの苦しみだった。それを思うと、『バンビ』がこのような内容の作品だったということは、なにか感慨深いものがある。

孤独とどう向き合うかは、生まれてきて死ななければならないわたしたちの、最大の課題なのかもしれない。恋愛もまた、孤独と背中合わせの場所に発生するのであって、一生の問題としては、孤独との折り合いの中に含まれてしまうだろう。少なくとも、『バンビ』という作品はそう語るものになっている。

何をトラウマにしたか知らないが、とにかくわたしは不安の強い子どもだったようだ。小中学校を通して、仲間はずれは本気で恐ろしいものごとだったから、なるべく周囲に目を配り、級友から一人だけ浮くことのないよう絶えず気を配っていた。

自己主張がへたで、ひっこみ思案で、他人の前ではなかなか怒れない……という性格は、現時点でもそれほど改善されていない。

目配りはけっこうできたようで、他人と衝突することがそれほどないから、実際に仲間はずれを経験したことはない。ただ、そういう自分に一番いらだったのは自分自身だった。

それほど目立つのがいやなら、だれかの子分で満足したらいいのに、内気な性分のくせにそれもできないところをもっていたのだ。この葛藤が、いやになるくらい長いあいだ続いた。大学に入ったころも、まだ折り合いがついていなかったかもしれない。

今なら決着がついているのかというと、そういうものではない。こういう葛藤は、時とともに決着がついたり、いつか乗り越えたりするものではなく、〝丸投げ〟するようになるだけだと思う。だめな自分をどうにかしようと悩むのをやめただけ。だめはだめなままなのだ。

他人と混じり合わない自分、だれとも違う自分を、どこまで認めるかということが、恐怖心の強い性格のせいで、わたしには大きな課題だったのだと思う。

思えば、わたしが猛然と本を読む子どもになったのも、四歳で引っ越ししたことがかなりの契機となる。読書に打ち込むことほど、だれとも違う内的世界を構築する行為もあまりないと思うのに、熱心にそれを行いながら、そういう自分を打ち消していたのだ。

視点を変えて見ると、じつはわたしは相当に他人とは混じり合わない人間で、だからこそ、あれほど母に去られることや、友人に声をかけられなくなることを恐れ続けていたのかもしれない。

本能的にカモフラージュの必要性をさとっていたのかもしれない。

とりあえず丸投げして二十年もたってみると、今のわたしは、むしろ孤独に強い人間になっている。

けれども、別の人間に成り代わったわけではないから、吹雪の中で母鹿（ははじか）を呼ぶバンビに自己同一した子どもは、今もいっしょに存在していて、気持ちがはっきり伝わってくるのだった。

読書が似ている（かもしれない）

児童文学という枠組が、現在本当に通用するかどうかは別問題として、古典と目される児童文学はたしかにある。

英米児童文学史でいうなら、もとは大人の読み物として書かれたスウィフト『ガリバー旅行記』（一七二六）や、デフォー『ロビンソン・クルーソー漂流記』（一七一九）が、子どもたちの愛読書に取ってかわって以来、第一次世界大戦前にはすでにかなりの児童書が生まれていた。子どもの読み物がようやく「説教訓話」から解放されたからだった。

そこに何かの伝統があったとして、それを取り入れることがどの程度に賢明なことか、正直言ってわたしにはよくわからない。言えることは一つだけ、わたしという人間は『ガリバー旅行記』『ロビンソン・クルーソー漂流記』から始めてしまったことなのだ。

これほどの古典とは考えてもみなかった小学生のころ。好きだったなあ、『ロビンソン・クルーソー』が。何度でも読み返した。

無人島にたった一人流れ着いたロビンソンが、難破船から救いあげたわずかな物資をもとに、もとの生活に近い暮らしを編み出そうとする。子どもはこれが大好きなのだ――手持ち材料で創意工夫を行うというものごとが。

子どもはサバイバルの冒険にわくわくするけれど、ロビンソンが演じてみせたのはそればかりではなかった。あくまで故郷の文化にこだわることで孤独をしのび、カレンダーを作り、家を建て、わずかな粒の小麦を育て、しまいに干しブドウパンを焼きあげることまで一人で達成するのだった。

……いや、思わず語ってしまったけれど、言いたかったことは、「少年少女世界の名作文学全集」で多くの古典を読んだとき、正真正銘の子どもだったわたしが、古くさくてとっつきにくいものを我慢して読んだのではなく、魅力を感じたからこそ読んだということなのだ。

これだけの年月を経ても変色しないものは、(その作品の全部と言えなくても一部には）たしかに存在したし、「古き良き」と言ってしまえばそれまでだけど、ある種の匂いをもっていた。

そうした古典作品の典型をどこに求めるか迷うところだが、作品数からいって、やっぱりジュール・ベルヌだろうか。『海底二万里』（一八六九）、『八十日間世界一周』（一八七二）、『十五少年漂流記』（一八八九）のジュール・ベルヌ。

冒険ものの一方には家庭もの――少女小説も生まれていて、こちらはバーネット『小公子』（一八八六）、『小公女』（一八八八）、『秘密の花園』（一九一〇）や、オルコット『若草物語』（一八六八）などが、初期に生まれていまだに残る作品となっている。

先に述べたように、古典が基礎になることの功罪はよくわからない。ただ、戦後日本児童文学は、これらに意図的に背を向けるか無視する姿勢で書かれていて、同じように読もうとした幼いわたしは困惑してしまったのではないかと、ちらりと思う。

あくまでわたし個人の感じ方で、一般論ではないことをおことわりしておくけれど。

とにかく、こんなわたしが著名な邦人作家の作品に触れて、作品から「あっ、この人、わたしと似たような読書をしている」と感じたのは、今のところ二者なのだった。

アニメ「天空の城ラピュタ」「となりのトトロ」を世に出した宮崎駿氏と、小説

「十二国記」シリーズを世に出した小野不由美氏である。

これは、読書に限った発言であって、自作はまったく念頭においていない。自作をこのお二方と並べていると思われると、とてつもなくいたたまれないので、どうか思わないでください。

「天空の城ラピュタ」（一九八六）が古き良き作品と同系だということは、だれにとってもわかりやすいだろう。天空の城そのものが『ガリバー旅行記』を書いたスウィフトのアイデアに拠っているのだし、宮崎監督自身が「ジュール・ベルヌの小説のような世界」と語っているのだから。

空を行き交う飛行船の夢と相乗して、少年小説のロマンをとことん追いかけた作品だ。

しかし、この作品は、万が一にも小説として発表されたら、主人公少年少女の性格といい、あまりに典型すぎて退屈だったかもしれない。これはアニメであり、絵が生き生きと語るからこそ一番のすばらしさがあるのだ。

もちろん、だからこそアニメ作品として生まれたのだが。

打ち明ければ、最初にこれを劇場で観たとき、わたしはオープニングでもう泣けてしまった。

それから何度も観ているのだが、飛行船が群れなして飛ぶあたりで、いつも涙ぐむ。小説ならストーリーを尽くして語るロマンを数分で語っていると、いつも思う。

だが、圧巻はやっぱり、燃える城塞から シータを救出するシーンだろう。夜明けの草原を低空で疾走するフラップターに始まるクライマックスは、不器用なロボットの胸にせまる最期とともに、何度観なおしても息づまる。ストーリーのなりゆき上、成功するとわかっていたって、これほどまでにくり返しはらはらする。「女は度胸だ」と宣言するドーラがすごくいい。

「天空の城ラピュタ」の次作にあたり、宮崎監督が初めて日本を舞台にした作品が「となりのトトロ」(一九八八)だ。わたしは、一番好きな作品をたずねられたら「ラピュタ」と答えるが、最高傑作は「となりのトトロ」だと思っている。

「となりのトトロ」が美術の手法で描きだしてみせた、ほんの少し前まで当たり前の風景だった日本。現在目撃した人がいないほどの昔ではないところがミソである。公開時のインパクトは大きかった。それ以来、宮崎アニメはそういう力強い背景が描けて当然になってしまったくらいに。

この作品は、母の病気療養のために地方へ引っ越してきたサツキとメイ、二人姉妹がおくった春と夏のささやかな物語だ。それでも十分な冒険があり、笑いがあり、涙がある。

大事件といえばメイが迷子になったくらいで、それも愉快なハッピーエンドを迎えるのだが、おもしろおかしいばかりでなく、この作品をきゅっと引きしめているものがある。

それは、やはり、母親の不在をかかえる姉妹の表に出さない淋しさだろう。

明るく元気で、見るもの聞くもの好奇心をもち、楽しく暮らすコツを知っているサツキとメイだが、ひと皮めくった場所には不安と心細さがあり、ほんのひと押ししただけで負けちゃうことを、おかあさんの退院が延期になったエピソードがよく語っている。

四歳のメイはメイなりに、六年生のサツキはサツキなりに、それぞれ大泣きする場面がいじらしくせつない。姉妹がこの心細さをかかえているからこそ、トトロたちは二人の前に姿を見せたのだと思う。

トトロたちはすごい。理屈抜きだ。理屈がいらないところがすごいのだ……すぐれものの幼年童話がたいていもっている要素だ。

封切り時の二本立てを劇場で観(み)たとき、「火垂(ほた)るの墓」上映中にうろうろ歩き回っていた学童未満の子どもたちが、いつのまにか静かになっていた。そして、大トトロが傘に落ちてきた雨だれにビリビリ震えると、大声をあげて笑った。理屈じゃないのだ。

月夜のトトロが傘を手にしてお祈りし、力みかえったあげくにポンと芽がでる。このときも小さい子が大喜びして笑い声をたてた。わたしもこのシーンが好きだ。芽がみるみる伸びて、ものすごい大樹になってしまうところも本当にいい。

小野不由美著「十二国記」シリーズ(講談社のちに新潮社)を、わたしは一九九四年に知った。まだ『ぱふ』別冊だった『活字倶楽部(くらぶ)』(雑草社)のインタビューで見かけたのだ(現在はどちらも休刊)。講談社X文庫ホワイトハートで少女小説として出版されていたが、ファンはすでにたくさんついていた。

古代中国に似かよった異世界を舞台とするこの作品が、どうして西洋の児童文学を思わせるかというと難しいのだが、あえて言うなら文章だと思う。

「十二国記」の特徴は、神獣（しんじゅう）である麒麟（きりん）に選ばれ、天命を受けた王の支配を当然とする異世界の国と、われわれの住む世界とが、日食などを機として一時的にルートをもち、偶然行き来してしまう人物がいるという設定にある。主人公となる者のほとんどは、両界をわたったことのある人間やら麒麟やらだからだ。

念のいったことに、異世界では子どもが樹（き）になるため、胎果（たいか）としてこちらの世界へ流された者は、こちらの女性の子宮に宿ってから生まれてくるという仕組みだ。

どうしてそこまでするかというと、ここにいる女性が生みの母なのに違和感がある、この子はお腹（なか）を痛めた子なのに違和感があるといった、ないとは言えない親子関係に信憑性（しんぴょうせい）をつくりだすためなのだ。

虚構だということをふまえても、この嘘（うそ）は、肉親のきずなの存在を決めつける話が含んでいるいつわりと、五分五分ではないかと思わせる。そのことをはっきり見せたところがすごい。

こうした周囲への違和感が、ストーリーの基調となってもいる。シリーズほとんどの作品に現れるモチーフといってよい。

世界をわたってしまったために、本来あるべきところに生まれなかった者は、周囲になじめないことに悩み、生みの親の無理解に泣き、自分はここにいて本当にいいのだろうかと、いつまでも問い続けることになるのだ。

これはつらいことであり、「十二国記」は全体にずいぶん厳しい物語だ。けれども、このような不信を抱き、あるべき場所にいないと感じる人々（とくに若者）がじつはたいへん多いのが現状で、それらを共感できる物語に仕立ててみせただけでも、この作品には価値がある。

もちろん。神獣麒麟の設定その他、簡単には語り尽くせない魅力をもっている作品だ。（外伝に近い、一番明るくまとまった『図南の翼』もわたしは好きだ。）

「十二国記」シリーズは、書く人のタイプによっては主人公の主観に寄りすぎ、狭量でウエットなものに陥ってしまいがちな作品だと思う。それなのに、どこかで登場人物をつき放し、物語として冷静に距離を保つ。この、客観性を忘れることのない三人称の文章がたのもしい。

そのあたりが、古き良き児童文学を思い出させるのだ。大局的な視点をもつ物語は、どこかで自然に道徳律につながっていくが、てらいもなく説教でもなく、その方向へ足を運ぶあたり。

もちろん、共感できる魅力的な登場人物がいてこその方法だ。

DWJ打ち上げ会

徳間書店の児童書編集部で、しばらく連続して出版していた、ダイアナ・ウィン・ジョーンズ（DWJ）の著作刊行が一段落ついたということで、打ち上げ会に招かれた。

ちょうどジブリの「ハウルの動く城」（二〇〇四年十一月公開）先行試写会が行われた日で、ひと区切りにふさわしかったのだ。

DWJ作品を手がけた翻訳者が三名、ゲラをかかえて泣いた（?）編集部が四名、邦訳本のカバーと挿絵をほとんど一手に引き受けてきた、画家の佐竹美保さん、解説やらオビやらにちょっとだけかかわった、おまけのわたし。集まった全員が女性で、わいわいとにぎやかに打ち上げてきた。

わたしはダイアナ・ウィン・ジョーンズの、佐竹さんが表紙を描いた本（『ファンタジーランド観光ガイド』まで手を出した）を十六冊もっている。ここ数年、海外ファンタジーが大量に邦訳されるようになったとはいえ、追いかけている作家は他にいないし、一人の作家の本としてわたしには異例の冊数だ。

そして、この数を読んだせいで、最初に感じた彼女の本の印象が、今では確信に変わっている。ＤＷＪ作品の最大の特徴は、多くの印象鮮やかな場面にもかかわらず、物語のてんまつを長く覚えていられないことではないだろうか。

読み終わってすぐは、収まりがついたことに納得したはずなのに、しばらくすると、最後のほうがどうなったのか、異様に早く忘れるのだ。

宮崎駿監督の「ハウルの動く城」原作となった『魔法使いハウルと火の悪魔』は、めずらしくすっきりまとまったストーリーで、読みやすくて好きだったのだが。

それであっても、アニメを観たあとで、原作のほうの犬はどうなったか、荒れ地の魔女は最終的にどうなったかを比べようとしたら、きちんと思い出せなかった。何度も読み返し、今年前半にも読んだはずなのに――である。

この、頭が「わや」になる感覚を好めるかどうかが、彼女の作品の愛読者になれるかどうかの分かれ目かもしれない。

徳間書店の児童書で刊行を始めるまで、ダイアナ・ウィン・ジョーンズの邦訳は、創元推理文庫で今から十年も前に刊行された『わたしが幽霊だった時』と『九年目の魔法』、さらにその十年前の偕成社『魔女集会通り26番地』（『魔女と暮らせば』と改題して二〇〇一年に徳間書店から新訳）くらいしかない時期が長かった。そしてこの三作品は、終盤がわやわやになる典型だった。

『わたしが幽霊だった時』は、記憶喪失の幽霊になった語り手が、四人姉妹の日常に接しながら、自分はその中のだれなのか悩むというユニークな物語だ。その、ああでもないこうでもないという錯綜（さくそう）が強烈すぎて、きちんと謎（なぞ）の原因と結果が明かされているにもかかわらず、数年後に読んだら、初めて読むのと同じくらい彼女の正体を忘れていた。

『九年目の魔法』は、現代の少女が魔にとらわれた恋人を救うために奮闘する、「タム・リン」のバラッドをふまえた複雑な物語だ。恋人の命をかけた最後の対決がクライマックスだが、めくるめく魔法のシーンとはいえ、何度読んでもそこで何が起きたかを覚えていられない。

『魔女と暮らせば』は、魔法の才能のある姉と弟が孤児になり、大魔法使いクレストマンシーにひきとられる話。美少女だが性格の強烈な姉グウェンドリンが、悪役ながらひどく魅力的だ。そして、この話もラスト近くでミキサーでかき混ぜたようにものごとが起こり、めまいのうちに終結する感があるのだった。

話に飛躍があるとか、筋が通らず整合性がないというわけではない。ダイアナ・ウィン・ジョーンズは、けっしてナンセンス・ストーリーを書こうとしているのではない。終盤になればなるほど「わや」なこの感じは、むしろ、作者がストーリーの定石を知りすぎるせいで起こるのだと思う。

彼女は、みんなのよく知っている仕立ての物語を用いながら、ストーリーはこびも人物設定も、そこからわざとはずしてみせるのだ。書き手がそれをくり返すから、話が進むにつれて、読者の常識的な頭が混乱してくるらしい。

このことからも、「わや」になる部分を含めて、文学の伝統に深くなじみ、バックに昔話や伝承の知識を豊富にそなえていてこそのものだとわかる。ファンタジーは好き勝手が許されると信じている人には、このような作品は書けない。

そのあたりの、なんとも品格の高い破天荒(はてんこう)ぶりが、ダイアナ・ウィン・ジョーンズの大きな持ち味なのだ。

言い換えてみれば、作者が物語のセオリーを深く掌握(しょうあく)しているから、一番安易な展開からするりと逃げる手が使えるのである。そしてそれを追うことのできる読者も、ある程度伝統的な物語を共有している必要がある。たぶん、イギリスという国はそういうお国柄なのだろう。

この話を徳間書店のUさんとすると、DWJ作品は原文で読んだほうが「わや」ではないのだと、いつも言われる。どうやら、翻訳すると混乱の度合いが増すらしい。言葉に二重の意味をもたせたり、慣用句をさらにひねったりする、ウイットのある文章の持ち主なので、ニュアンスを日本語に変換しにくいらしいのだ。

それであっても、ラスト近くがいつも目の回るものになっている点はUさんも認めるところで、わたしたち二人は、密(ひそ)かにこれを「ダイアナ・ウィン・ジョーンズのちゃぶ台返し」と命名している。

打ち上げ会で、ワインを飲みながらいろいろおしゃべりしているうちに、翻訳者のお一人が、女優業も兼ねていることが判明した。

両方こなしてしまうなんて特異な才能だと、わたしは感嘆したのだが、ご本人は、そんなことはないとおっしゃる。役者と訳者は（しゃれでなく）似かよっているのだそうだ。

「俳優は、与えられた役になりきって演技をする。翻訳者も同じことで、原作を読んで、作者になりきって演じてみせるのだ」

――と、彼女は語るのだった。ああ、なるほどと、思わず感心してしまった。今まで考えてもみなかったが、言われてみれば納得できる。

創造性の違いではあるが、そういう彼女たちにとっては、ゼロから何かを創る人のほうが、よっぽど不思議だそうだ。「お話は、最初、どこから出てくるんですか？」

これは、作家がくり返し聞かれる質問だ。

その場のいきおいで思いついたことを答えるので、何をしゃべったか正確に覚えていないのだが。

ただ、初めは一部分しか見えていないということを語ったと思う。人や、ものや、シーンの断片しか、最初にはわからない。そして、そういうものが何層も積み上げられないと、お話の形はつかめないものだ。

ストーリーも同じで、最初にぜんぶが定まっているわけではない。物語がどうころがるか、後半すべてが見える前に、たいてい見切り発車で冒頭を書き始めてしまう。

隣に座っていたUさんが、にっこり「ダイアナ・ウィン・ジョーンズと同じことを言っている」と保証したので、勇気を得て、今ここに書いてしまうわけだが。

わたしがDWJ作品にひかれるのは、だからなのだと思う。共感できるし、今現在ファンタジーを書く人として一番尊敬できる。

ファンタジーというジャンルが、どうあっても物語の基本、おさだまりのパターンにつかまりやすいことを熟知し、その上で、個性あふれる物語を書いているからだ。おさだまりを蹴って、あさっての方向に話を進めながら、彼女はたぶん、行き着く先を考えてはいない。それは、ことさらに考えなくても、放っておけば物語は収束をはじめ、どこかで見た形におさまるものだということを、よく知っているせいなのだ。

それほどに彼女は、物語のパターンならば体で知っているのだとも言える。

この、考えなくても放っておけば収束するという感じは、もしかしたら、ファンタジー特有かもしれない。ふつうの現代小説に通用するとは思えない。ファンタジーが、物語の原始的な形態に依存する特徴をもっているからこそだと思う。

深層心理学のユングは、人間の深層心理に潜む象徴を、老賢人、グレートマザー、トリックスター、自分と同性のシャドウ、自分と異性のアニマ、アニムスなどのキャラクターとして語り、人々の夢や古い物語がこれらのパターンに依存することを示唆(しさ)している。

ファンタジーならば、あからさまに登場するキャラクターばかりだ。

ユングはさらに、民族が共有する集合的無意識の存在を提唱したが、遺伝子がそんな情報を伝達するわけがないと、学界から否定された。けれども、わたしたちの脳は白紙の状態から発達するのではなく、だれもが似かよった思考パターンを踏む傾向ができていることが、最近では指摘されている。

だからこそ、ファンタジーのような類型の物語を創作する人間は、むしろ、パターンにのって楽をしない技術が重要なのだ。

言い換えれば、おさだまりの展開がどうしてわれわれに普遍なのか、もっと深い理由を個人的につかむ必要があるのだ。

宮崎駿監督もまた、構成をあらかじめ考えず、絵コンテを頭から切り始める特異な創作方法でよく知られている。

きっと、ダイアナ・ウィン・ジョーンズとよく似た資質の持ち主なのだろうと思う。

虫のような小さな人

日本の児童文学を読んでいないわけではない。読んだ児童書に関して、自分が小学生のときの感覚を一番信頼していて、その部分から出てくる感想が、あまり多くないだけだ。

とりわけ、大学の児童文学研究会で、評論に取り上げられていた作品の数々には、最後まで口をつぐんでいたい。どう考えても、上手な本との出会い方ではなかった。もっとも、そのとき、自分は研究者に向いていないとはっきりわかったから、それはそれでよかったのかもしれないけれど。

小学生のときに読んで、いまだに好きな日本の作品といえば、真っ先にこれを思い浮かべる。佐藤さとる著『だれも知らない小さな国』『豆つぶほどの小さないぬ』（講談社）だ。

月刊ＭＯＥ（白泉社）二〇〇四年四月号にコロボックル特集があり、ページを開いたら、ちょっとじーんとしてしまった。『だれも知らない小さな国』『豆つぶほどの小さないぬ』は、コロボックル・シリーズの最初の二冊で、わたしは小学四年生のとき、学級の本棚にあったのを読んだ。

コロボックルとは、佐藤さとる氏が創出した小人族の名称だ。アイヌ伝承にあるコロボックル（蕗の葉の下の小さな人）をふまえていて、小人族の装いも、少しアイヌの民族衣装に似た感じに想定してある。

小人物語の創作でよく知られ、英語圏で評価が定まっているのは、メアリー・ノートン『床下の小人たち』シリーズに出てくる、借り暮らしの小人だろう。あとは、今となっては知らない人のない、J・R・R・トールキンのホビット族だろうか。

佐藤さとるの『だれも知らない小さな国』と前後する形で、ノートン『床下の小人たち』の日本における翻訳紹介があったらしい。それを知って、模倣ととられる危惧から、『だれも知らない小さな国』の発表を急いだというエピソードを、どこかで目にしたことがある。

わたしも、ノートンの小人物語と佐藤さとるの小人物語をほとんど同時期に読んだ。

（ことわっておくが、発表後十年たっていた。『だれも知らない小さな国』は、わたしが生まれた年に発表された作品なのだ。）

けれども、小学生でもはっきりわかった。ノートンの小人と佐藤さとるの小人は別もので、模倣ではあり得ない。しかも、わたしの感覚に訴えかける力は、コロボックルのほうが強かったのだ。

その理由は身長にある。

三センチの背丈をもつ小人のイメージが、あまりにすんなりわたしの中に入ってきたため、『床下の小人たち』に出てくる小人は、二十センチほど身長がないとおかしいということに、読みなおさないと気づかないほどだった。

さらにホビットなら、小人といえども九歳児くらいは身長があるわけで、コロボックルは、比べるとたいへんたいへん小さいのだ。小さくて目にもとまらぬ速さで動いて、かなり虫に似ているのである。

あと、類似するのは小さなカエル。ごもっともなことに、コロボックルは緑のアマガエルの皮をかぶって、人間に気どられずに偵察したりするのだ。

虫に似ている――このインスピレーションが秀逸だと、今読み返しても感動してしまう。そこに愛着を感じ、強くイメージできるのは、日本ならではの風土と、虫の音をめでる日本人ならではの気質に負うところが大きいと思うからだ。

虫たちが部屋のなかに入りこんでくる、開放的な日本家屋に住み、目の前の田んぼには、小さなカエルが山ほどいる――そういう日常生活が、とても長かったこの国であるからこそ、都会っ子のわたしでさえ、親近感をもつことができるのではないだろうか。

今現在、わたしのマンションで、目の隅をかすめる小さな黒い影があったとすると、それはゴのつく虫になり、とってもイヤなことになってしまうのだが。しかし、戦後まもないせいたかさんの暮らしの中、コオロギかな？と思う黒い影がつきまとっている雰囲気は、身体感覚として「知っている」気分にさせられるのだった。

架空の存在が、現実の中にいるように設定するファンタジーにおいて、よりどころとなる身体感覚を盛りこめるかどうかは、決定的に重要だ。

それをつかんでいるかいないかで、薄っぺらな空想話に終わるものと終わらないものに分かれてくるのだ。

メアリー・ノートンの描いた小人たちも、身体感覚のうながしかたは見事だった。

ヘアピンやら指ぬきといった小さな品を、わたしたちがいつのまにか紛失してしまい、たびたび買うはめになるのは、床下に住む小人たちが拝借していくからだというのだ。ここにもたいへん説得力があると思う。

名作として残るファンタジーには、たいていこうした、感覚を大事にした提示の工夫がある。逆に言えば、何のために架空のものごとを設定するかというと、自分たちが当たり前に暮らす生活に深みを与え、イメージを豊かにするためなのだ。毎日の日常を大事にするためにこそ、空想の物語がある。

わたしがコロボックルを大好きだと思い、他のだれにもまねができないと思う点はもう一つある。

風土の身体感覚を横軸とすれば縦軸と言うべき、土着の神話伝説がつちかうメンタリティにも、しっかりくさびを打ちこんでいるところだ。ただの架空の存在が真に息づきはじめるには、こちらのささえも重要なはずなのだ。コロボックルのご先祖は、スクナヒコナノミコト（少彦名命）らしいのである。

少彦名命の逸話はじつにおもしろい。古事記、日本書紀に出てくるほか、出雲国風土記や風土記逸文に登場するが、オオクニヌシノミコト（大国主命）と組んで初期の国造りを行ったということ以外、あまり詳しいことのわからない神様ではある。

ただ、登場のしかたと去り方がとんでもなく異彩を放っているのだ。


何を着ていたとか、容姿がどうだったと記述される神様が極端に少ない中で、少彦名命は、蛾の皮をうつはぎにした衣を着て、ガガイモの実を二つに割った船に乗って現れたと詳しく書かれている。

そして、大国主命が、何者なのかよく見ようと手のひらに乗せてながめたところ、飛び上がってほっぺたに食いついた。まったく虫のような神様なのだ。

さらには、少彦名命が常世の国へ去るときは、粟の茎によじのぼって、しなった茎にはじかれて飛んでいったそうだ。

登場と去り方がこう書かれているのに、小さかったとはひとことも書かれないのも、なんだかおもしろいところだ。日本の神々の中でも忘れられないユニークさで、もっと知られてもいいのにと思ってしまう。

だから、これを拾い上げた佐藤さとる氏が、非常な慧眼だったのだと心から思う。

虫のような小さな人の存在を、日本人のメンタリティは文句なしに昔から知っていたのだ。

こうした生彩あふれるコロボックルとの出会いを仲立ちにして、『だれも知らない小さな国』の本質は、じつは青春恋愛譚(たん)である。

そのぜいたくな造りも、わたしの好きなところなのだが。この作品が真に描くのは、第二次世界大戦をはさんで、少年のころ小人を見た記憶をもつ小山へもどった青年が、いかにして小人を再発見し、その土地を守るために奮闘努力し、いかにして同志となる女性を得たかという話だろう。

だれにも知られず暮らしている小人たちは、青年が求めた、戦前戦後に不変の価値を持ち続ける心の宝とも読めてくる。そして、彼の心情に共鳴し、同じものを見ることのできる伴侶(はんりょ)が現れるのだ。理想の形をさわやかに描いた、心あたたまる「なれそめ話」だと言える。

とはいえ、わたしが一番好きな作品をあげるなら、それは第二作の『豆つぶほどの小さないぬ』なのだ。

『だれも知らない小さな国』の三年後に出版された第二作は、コロボックルみずから語る話、たっぷりとコロボックルの世界にひたれる話になっているからだ。

三センチの身長しかないコロボックルが、昔はつりあう大きさの犬を飼っていたという。うそかまことか、探せば見つかるものなのか――

という探索が、第二作のメインテーマだ。ここに、第一作でコロボックルの保護者となったせいたかさんに学び、工学をとりいれたコロボックル新世代、クリノヒコの、初めての新聞社設立に向けた奮闘が並行する。コロボックルの若者たちがにぎやかに活躍する、もりだくさんの物語となっている。

マメイヌの存在の根拠に、日本伝承の「くだ狐（ぎつね）」をもってきたところが、またまた秀逸だと思う。今ならば、ホラー小説系や陰陽師（おんみょうじ）のブームで、「くだ狐」や「飯綱（いづな）使い」を知っている人が多いが、わたしは佐藤さとるのこの作品で初めて知った。

マメイヌが捕獲されるまでのスリル――とくにクライマックスで、カタツムリ殻のわなに自分の足をとられながら、敢然と闘うクリノヒコのかっこよさにはぞくぞくした。こういうヒーロー感覚は、他の日本児童文学のどこにもなかった気がして。

一方で、第一作と同じく、この作品にもほんのりした恋愛譚が挿入されている。その初々しい交流の様子も、とても感じよく読むことができる。

コロボックル・シリーズは、全体から言うと、人間とコロボックルの関わり方を中心にすえたシリーズだ。

しかし、わたしという読者は、コロボックルに出会う人間になりたいのではなく、人間の向こう側に――コロボックルそのものに――なりたかったらしい。バッタに馬乗りになって遊んだり、風に吹き飛ばされたりすることのできる、小ささとすばしっこさを持つ存在を味わいたかったのだ。

『豆つぶほどの小さないぬ』がベストに思えるのは、たぶん、そのせいなのだろう。

読書について

「児童文学」というジャンルで本を出版すると、一般文芸とはどこか異なる、いわく言いがたいものがセットでくっついてくる。

これは、児童文学の研究書を読むようになった大学生のころから、うすうす感じていたことだが、それでも、わたしはちょっと苦手だと思っている。

教育――が、くっついてくるのである。


読書推進運動、と言い換えてもいいかもしれない。

もっとも目につくのは課題図書選定による感想文コンクール、感想画コンクールだが、最近は「朝の読書運動」もなかなかのトレンドだ。教室で朝十分間読書をしましょう、という、学校教育にふみこんでの運動。

児童書の出版は、この推進を前提に収益を成り立たせているのだから、分離は不可能だということも、今ではよく理解している。学校職員や図書館司書といった人々と、少しでも多くの連携をとらなくては、出版自体があやうい世界なのだ。

だから、まがりなりにも他人の資本をつかって本を出版したからには、作家もそれに協力するべきかもしれない。一方、作品を書いた人物が、自作を一人でも多くの人間に読んでほしいと願うのも、当然の心情だ。

けれども、作家は本質的に教育者ではない。

教育から自由なスタンスをとれるからこそ、最終的には教育にもかなうような作品が書けるのだと思うのだけど。

……どうしてそういうふうに感じるのかなあ、と考えていたら、自分自身の読書に行き着いた。つまりわたしは、学校で読ませられる本を読書と考えたことがなかったのだ。それは「勉強」なのである。

勉強という語を、ここでは学校教育を学ぶ意味で使っている。楽しい楽しくないを言ってはいけないこと、この社会で一人前になりたかったら、これだけの技能をとやかく言わずに身につけなさいと、現役の大人たちが定めた総合訓練のこと。

大人に課された訓練に、拒否反応や疑問を示す子どもではなかったので、それなりに真面目（まじめ）に取り組んだ。けれども、楽しい楽しくないを言ってはならないと骨の髄までしみこんだため、勉強を好きになったことは一度もなかった。

もちろん、解けない問題が解けるようになったり、努力がむくわれて成績が上がったりしたら、うれしい気持ちになった。けれども、すべてやらなくていいと言われたら喜んで投げ出しただろう。それゆえ大学受験が終わったら、思いっきり手放してしまった。

本当は、勉強にも楽しみを見つける方法はあるのだと、わかりかけてはいたのだが。それでも、受験から解放された反動のほうが大きかった。勉強は、どう形を変えても評価が伴う個人競争なのだから。

この競争にもう少し適性があり、解放されようとしなかった人々が、学術関係者になっていくのだと思う。もっとも、勉強を離れても社会にいるかぎりは、競争そのものと無縁に生きられるわけではないが。

ところで、読書の話にもどる。

国語の教科書に関しては、配布された四月にぜんぶ読んでしまう子どもだった。高校までずっとそれを続けた。

読めと言われないが読みたいから読む、それだけが、わたしの読書となるものだった。

しかし、教科書の中にくり返し読みたい文章は多くなかったので、あと一年間はずーっと退屈だった。

ふり返ってみると、わたしは、読書習慣をことさら学校で学ばせる必要のない子どもだったが、本を読みたいと思うと抑制できない困難はあった。

朝の十分間読書がどうも身になじまないのは、そのせいだ。もしも教室で十分間読書をさせられたら、授業が始まろうとわたしは、最後のページまでやめられないに決まっている。

わたしにとっての読書は、役に立てないからこそ、甘美なものだった。母には本を読んでいると叱（しか）られた（宿題をしなさい、ピアノを練習しなさい、手伝いをしなさい、等々）ので、そういうものと信じて疑わなかった。

子どもを読書好きにするには、むしろ「読むな」と告げるほうが効果的ではないだろうか。母に読書を奨励されたら、勉強と同じ質のものとなってしまうから、わたしはかえって読まなかっただろう。

家庭と学校を往復する毎日からの息抜きが読書なので、わたしが読もうと選ぶ本は、なるべく自分の日常とかけ離れたものがよかった。外国作品やファンタジーを好んだのはそのせいだろう。

児童文学として翻訳紹介される作品に、教訓的な内容が含まれていないはずはないのだが、学ぼうとして読むわけではないので気にならなかった。

子どもが楽しいから読む——自発的に読みたいから読む本は、意外に「楽しませる」だけの本ではないのだ。大人が生活の息抜きに読む本は、疲れた神経をいたわるべく、内容の軽いものを選ぶが、子どもに「軽い本」「重い本」の区別はない。

まだまだ未体験のことが多く、しかも、これから受け止める意欲を十分もっていて、ばくぜんと世の中の法則が知りたい、どこかに秘密があるに違いないと感じている——それが子どもだろう。

教訓も、悲劇も、難解な表現も、古代の神話も、先入観のできてしまった大人より、ずっと受け止める用意があるのだ。

自発的に読みたいと思うものを、子どもがどうやって見つけるか——

そこのところで、まわりの大人に上手に後押ししてもらった経験をもつ人は多いようだ。

ところが、残念ながら、わたし自身はだれかに薦められて本を読んだおぼえがない。もっとも、わたしの本が好きだと言ってくれた人には、図書の先生に薦められたという人が何人もいる。それから、同年代の友人から薦められたという人も多い。

そうして中学高校時代、学校の友だちや図書室でのコミュニケーションで本を読める人たちを、うらやましいなあと思う。

大学に入学するまで、わたしは本当に一人で本を読んできたのだ。

なぜそうなったかというと、先に述べたとおり、日常の圏外のものとしていたからだろう。特に児童文学に関しては、受験勉強のさなか、もっとも孤独な時期にもっとも身を入れて読んだ。十五歳の高校受験と、十八歳の大学受験と。

そういう意味では、わたしの読書はコミュニケーションのためのものではなく、孤独な自分に向きあうものだった。沈潜した心の奥に、表層のわたしの一喜一憂とは連動しない、常に変わらない場所があると考えたかった。

入試と合格発表の前後は、ひどく追いつめられた精神状態になったから、自分で編み出したマインドコントロールだったのかもしれない。

だからこそ、高校に入学したての年、大学に入学したての年は、そのぶん気持ちのすべてが他者への興味に向かい、本などあまり重視しなかった気がする。

高校一年のとき、剣道部に入った。大学一年のときは、混声合唱団に入った。どちらも卒業まで続けることができなかったものの、たくさんの思い出がある。

あからさまに言ってしまえば、たぶん読書より多くのものを得ている。

読書は、実体験に比肩するものごとではない。わたしのような者にとってもそうなのだ。

本を読むことの効用は、体験とはべつの次元にあるのだと思う。たぶん……得た経験（否定的な体験を含めて）を自分の中に位置づけるとき、統合に必要な知識になるのだ。

大学の児童文学研究会には、二年になってから入った。晴れて大学生となった上っ調子がようやく冷め、モラトリアムは短いと気づくようになってからだ。

扉をたたいた児童文学サークルは、三十〜四十名くらいの部員がいたと思う。他大学から参加する学生もいて、ふだんの活動は分科会と呼ぶ数名の会合であり、全体像がよくつかめないサークルだった。

これまで一度も、他人と愛読書の話をしたことのなかったわたしは、あれこれの話がようやくできると思い、意気ごんで参加したはずだった。それだけに、見当違いの大きさにショックを受けた。

研究会で取り上げる本(そして、新人は読んでおくべきだと言われる本)は、わたしが読んだことなく読みたいと思ったこともない本ばかりだったのだ。

四年生数人と話すうちにわかったことだが、児童の年齢で児童文学を読んできた学生はごく少数だった。青雲の志をもつ彼らにとって、児童文学とは思想であり、幼少の人間に思想をどう与えるべきかを議論するものなのだ。

ファンタジーが好きで研究したいと、おずおず切り出したら、何ともいえない顔をされた。分科会に承認できない、みそっかすのファンタジー同好会があるが、あまりかかわらないほうがいいよ、と忠告された。

結果的にわたしは、このみそっかすの「裏活動」で友人を得るのだが、独りであためた読書の世界を、打ち明けようとした矢先にぶつかったこの壁は大きかった。分かち合おう、わかってもらおうという甘い考えを、この時点ですっぱり捨てたのだ。

今にして思えば、あまりに見事な相互不理解に出会ったことで、逆に自分の独自性に気づいたのかもしれない。そのことが、わたしを創作に向かわせたのかもしれない。

しかし、そういうわたしだから、いまだに他人に読書を薦めることは苦手なのだ。本を読んだから偉かったと思えたことは、今まで一度もなかったのだ。

長さの壁

先日、再びダイアナ・ウィン・ジョーンズの訳者のお二人と顔をあわせた。たまたま、日本で最初の翻訳『魔女集会通り26番地』（一九八四）を出版した会社の人が居合わせたので、『魔女集会通り』は当時も目をひく作品だったのに、続けてジョーンズの翻訳が出なかったのはどうしてでしょうね、という話のはこびになった。

出版社のかたが即答するには、

「当時の児童書として出版するには、作品が長すぎたからです」

その口調に、どれだけ長さの壁で苦労してきたかをしのばせるものがあったが、まだ若い訳者のお二人には、ぴんとこない様子だった。

けれども、同世代のわたしにはよくわかる。

ここ数年に見る（二〇〇四年現在）、分厚い翻訳ファンタジーがどの会社からもぞくぞく出版される情況が、二十年前だったらまったく考えられなかったことが。

「ハリー・ポッター」シリーズによって、通念が壊れてしまった現在からふり返ると、どれほど凝り固まっていたかがもう見えないが、子どもの本は長編では困る、子どもには読み通す根気がない、厚い本は売れないというのは、児童書出版の常識だったのだ。

もちろん、現在においても、編集者が長編大作の出版に慎重になるのは当然だ。

けれども、日本の児童書出版界において、長い間この常識がくつがえされなかったのは、創作児童文学の概念が「童話」だったからだと思う。

明治・大正期、最初に児童向けの作品を執筆した日本の作家たちは、だれも長い作品など書かなかった。スタイルの手本はたぶん、アンデルセンあたりにあったのだろう。

ファンタジーを書く作家が、今まで日本に少ししか現れなかったのは、この「長さの壁」が原因ではないかと思うことがある。

ファンタジー作品は、たいていの場合短く終わらない。

なぜなら、アンデルセンが試みたような創作メルヘン――昔ばなしの紋切り型をもちいて、内容はオリジナルな創作をすること――と、ファンタジーの創作とは、主眼となるものが異なるのだ。

ファンタジーが必ずもっている要素は、昔ばなしが細部をそぎおとして汎用の紋切り型に変えたものを、もう一度個人の想像で膨らませることだろう。魔法や、妖精や、神話的事件に、独自の解釈をもたせて色をつけ、登場人物を印象的に造形し、ストーリーの細部を個性で味つけていく。

このプロセスをもっていながら、短く簡潔におさめるはずがないのだ。もとは簡潔だったものを、個人の色づけによって膨らませるところに眼目があるのだから。作品の見せどころも価値も、いかに独創的な色づけをしたかという点にあるのだから。

わたしが『空色勾玉』を出版してもらった一九八八年には、まだ「長さの壁」が存在していた。

あの作品が世に出ることになったのは、当時の福武書店（現在はベネッセコーポレーション）が、児童書部門を立ち上げたばかりだったからだ。編集部に「老舗と同じことをしていたのでは、アピールできない」という新進の気炎があり、「いいや、出しちゃえ」ということだったらしい。

出版後、他社の児童書編集者が仕事の打診にきたが、彼らの許容の上限は四百字詰め原稿用紙二百五十枚だった。しかし『空色勾玉』は、優に原稿用紙六百枚を超えたのだ。

大胆な福武の編集部でさえ、当初の依頼は「三百枚くらいで」と言ったはずだった。ところが、狭也と稚羽矢が輝の宮を脱出し、鳥彦がカラスになった時点で三百枚に達してしまった。「うーん、どうしよう」と、とりあえず、依頼者に原稿を読んでもらった。

読後の感想が、絵ハガキで届いたのを覚えている。

「おもしろいから、最後まで書けば？」と書いてあった。

もっともこのやりとりは、わたしと彼女が大学の友人だからこそだ。海外作品をメインに展開する福武児童書から依頼が舞いこんだのも、だからこそだった。

いつまでに書けという指定もなかった。それでも、原稿を読んでもらった半年後くらいに結末にたどり着いたのだが、さあ、後半を読んでもらおう、と連絡をとったところ、彼女が過労で休職していて仰天した。お見舞いに駆けつけたけれど、作品の出版はもうだめかなと思わずにいられなかった。

しかし、一時は退職を考えながらも、彼女は「やっぱり自分は児童書の仕事がしたい」と職場に復帰したのだった。あのとき彼女が、もう一度立ち上がる勇気をもっていなかったら、いろいろなことが違っていただろうと思う。

そんなふうにして、ついに日の目を見た『空色勾玉』だった。

こういう事情だったから、当時のわたしは、この一冊が出版されれば満足だった。わたしたちが児童文学を愛した記念のようなもので、商業的な何かをしたとは思っていなかった。

作家になったとも思わなかった。二百五十枚で書いてくれと注文されて二百五十枚を締め切りまでに書くのが作家だから、このわたしは失格だった。

彼女がまた悠長な担当で、次作を書けとも言わなかった。それどころか「あなたは、急かせば書ける人じゃないから」と言った。

たしかにそうだと思ったので、他社から打診を受けても、必ず書こうとも思わずにのほほんとしていたのだ。

今にして思えば、新人の第一作を出版した編集者ならば、「読者に忘れられないうちに次を書け」くらいは言うのがふつうだという気がする。そうしたら、のんきなわたしも少しはあせったかもしれないのに。

けれども、このとき放っておいてくれたおかげで、第一作を書いたときと同じくらい、純粋に書きたいから書いた話が第二作になった。前作から三年半もたっており、長さは原稿用紙千百枚ある『白鳥異伝』だ。

彼女は、「こうなったら厚さの限界に挑戦する」とでも思ったかもしれない。やけだったのかもしれないが、「第三部をもう少し書き足したほうがいい。この際、とことん書いたほうがいい」と言った。

すなおに書き足したので、最終的には何枚だったかよく覚えていない。

福武書店から出版した『白鳥異伝』は、そのデザインもあいまって、目にした人から「国語辞典とまちがえた」とよく言われた。

それでも、もっと分厚い海外の作品をも出版した福武ベスト・チョイスシリーズだから、それほど異質に見えずに棚に並んだと思う。常識やぶりの刊行をするベスト・チョイスだったが、売れ行きは悪くなく、児童書の採算は黒字だったそうだ。

けれども、『白鳥異伝』の刊行からわずか二年ほどで、福武書店は出版部門をたたむことに決定した。出版物は打ち切られ、会社は母体の教育産業に徹することになる。

ベスト・チョイスを実質的に切り盛りしていた二人の編集者、彼女ともう一人、絵本出版の腕利きだった女性編集長は、福武の退社を決意した。その後、二人いっしょに徳間書店に入社し、ここでまた一から新たに児童書出版を立ち上げたのだった。

それから十年たった。

絶版になるしかない『空色勾玉』と『白鳥異伝』が、徳間書店から新版を出しなおすことになったのは、同じ編集者の手によるからこそなのだ。今では、最初から『薄紅天女』と合わせて徳間書店から出していたように見える。

　徳間書店の児童書も、ずっと前から出版界にあったように見える。


　十年だということに、弔辞を聞いて初めて気がついた。

　彼女とともに徳間書店に移って新規まき直しをはかり、新たな児童書出版をここまでに育て上げた米田編集長が、スマトラ島沖巨大地震の津波にあって急逝された。

　葬儀に参列しても、偲ぶ会に出席しても、いまだに信じられないような気がする。

　年齢もさほど違わないし、同性でもあるし、彼女と米田編集長に上下はなく、命運をともにした戦友同士みたいに見えていた。

　二人は、性格が一致したわけではなかったようで、「けんかして、顔も見たくないと言われたこともあった」と彼女も語っている。それでも、小さいころからたくさんの児童書に触れて育ち、早くから児童書にかかわる仕事に就こうと決めた、こだわりと情熱が同じだったそうだ。

　お互いの信条について一番多く語り合ったのは、いっしょに福武書店を退社したときだったとも語っていた。

米田編集長と同じことのできる人が、すぐに現れるとは思えない。絵本の目利き(めき)はたいしたもので、新しい作家を育てる手腕もあり、長編作品を得意とする彼女と二人、車の両輪のように仕事を進めてきた人だった。日本の児童書界は、本当に惜しい人物をなくしてしまったのだ。

けれども、米田さんがもっていた児童書への強いこだわりと情熱を、米田さんのぶんまで、これからは彼女が世に問うていくことになるのだろう。今までにも増して。すでに長さの壁をクリアした彼女が、これからはどんな児童書出版を展開していくのかを、友人のわたしもかたずをのんで見守っていきたい。

成熟したまなざし

小学生のころ手当たり次第に読み、その中から、十代半ばと十代終わりに再評価するという読み方で、くり返し読んだ児童書がある。

そうして読んだ本は、「ナルニア国物語」を別格とすると、ファンタジーは多くないことに気づく。

日本で出版されるファンタジーが少なかったことも事実だが、小学生のころは、ジャンルにこだわってなどいなかったのだ。

子どもが友人同士で活き活きと遊ぶ世界をとらえた作品が好きだった。

たとえば、わたしがこよなく愛したリンドグレーンの作品は、『やかまし村の子どもたち』の三冊と『名探偵カッレくん』の三冊なのだ。

リンドグレーンには『ミオよわたしのミオ』や『はるかな国の兄弟』など、ファンタジーととらえてよいものがあるが、これはこれで愛好者が多いにもかかわらず、二度と読もうと思わなかった。好んだ児童書のタイプを典型で示せば、「アーサー・ランサム全集」の休暇物語になるのかもしれない。フィリップ・ターナーの『シェパートン大佐の時計』に始まる三冊も大好きだった。

これらの作品が共通してもっている特徴は、主となる子どもたちの冒険（本物の冒険というよりは、ごっこ遊びに彩られた世界）の楽しさもさることながら、わきを固める大人たちの存在感と距離感が絶妙なことだろう。大人たちは、ほとんど彼らの冒険や興奮を分かち合わないが、無理解ではない。大人には大人の事情があることをうかがわせるが、いざというときには子どもを支えてくれる。

それぞれ個性豊かで、必ずしも子どもに都合のいい人ばかりではないのだが、どこかでちょっぴり、大人もかつては子どもだったことを匂わせる——

これは、現実にどうかという問題ではなく、作品世界がきちんと子どもの目から見る世界として描かれているということだと思う。子ども世界は、登場人物がどれほど奔放にふるまおうとも、どこかで大人の存在に依存するのだから。

しかし、このような子ども世界を過不足なく描くことはたいへんむずかしい。

もっとも多くおちいりがちなのは、子どもを訓育する親・教師の目線が、文章に必要以上に入り込んでくることだろう。一方で、親・教師の支配を忌避（きひ）するあまり、大人や大人社会への恨みつらみが、子どもを通してにじみでてくる作品もある……作者が、それを子どもらしさと勘ちがいしていたりする。

日本の児童文学にそういう作品はかなり多い。もちろん、海外にも多いのだろう。数少ない一部の傑作だけが、絶妙な距離感をとらえ得るのかもしれない。

大人の人間性に対する洞察力を鈍らせず、しかし、基本的な人間信頼は失わず、子どもの好奇心そのままに世界を見るには、すでに子どもっぽさ（大人ぶるのも子どもっぽさのうちだ）を乗り越えた、成熟した人格が必要なのだと思う。

ある程度の高齢でないと、真にのびのびした子どもらしい世界を内に宿すことはできないのかもしれない。

わたし自身は今も大人げなく、成熟にほど遠いので、かつての自分が慕ったような作品が自分に書けるとは思っていない。

加えて、わたしが読んできたのは、大人が大人としての自信をもっていた時代に書かれた作品だった。価値観がゆらぐ現代に同様の物語を書くのは、だれにとってもさらに困難なことだろう。

しかし、その作家が成熟しているかどうかは別として、イギリス児童文学には、今も伝統芸として書き方が受け継がれているように見える。

『ハリー・ポッターと賢者の石』を読んだとき、そう思った。とはいえ、「ハリー・ポッター」は現在進行形の作品なので、完結まではその善し悪し（よしあし）を言いたくないと思う。

社会人になってから手にとった児童書で、当時と同じ気分を味わったことは少ないのだが、ルーマ・ゴッデン作『バレエダンサー』（上下巻・偕成社）は、ぜひ名をあげておきたい。

日本に早くから紹介され、優れた児童文学の書き手として評価をもつイギリス作家だ。『ディダコイ』『台所のマリアさま』『人形の家』など、大学時代に著作をいくつか読んでいたが、彼女のことをてっきり社会派だと思っていた。

児童文学史的な位置づけは、そういう場所にいる人物なのだ。

ところが、ひさびさに手にとった『バレエダンサー』が、典型的な少女小説だったのでびっくりした。しかも、この作品の刊行時、ゴッデンは七十七歳なのである。

バレエといえば、少女ものに必ず登場するジャンルだろう。日本の少女漫画も、初期にはバレエものがあふれた。環境に恵まれない主人公が、いじわるなライバルの妨害にあいながら、味方や舞台を勝ち取っていく成功談がお約束で、ゴッデンの『バレエダンサー』も、その基本線どおりなのだ。

けれども、書き尽くされたように思える類型の物語を、これほど楽しげに、生彩あふれる作品として書きこんでいる点は、驚くばかりなのだった。

主人公の躍進を嫉妬する姉が、当日に音楽テープを消去するという、シューズに画鋲を入れるに勝るとも劣らないパターン進行にもかかわらず……である。

主人公デューンは、八百屋を営む父とかつてショーダンサーだった母をもつ、六人きょうだいの末息子。体が小さくぼんやりで、みそっかすの典型だ。

母親は、息子が四人続いたあとに生まれた待望の女の子、器量よしのクリスタルを自慢にして溺愛し、最後に生まれたデューンは余計と見ている。父親も末っ子を見のがしがちで、住みこみ従業員のベッポーがいなかったら、幼いデューンは育たないところだった。

ベッポーはもとサーカス団員で、顔にやけどを負って演技をやめた人物だ。裏の物置に空中ブランコ用のブランコを吊っており、小さなデューンに曲芸やハーモニカを教えてくれる。しかし、クリスタルがそこに割り込んだせいで、怒った母親に解雇され、店を去るのだった。

この多くを語らぬベッポーがたいそう印象深い。デューンに最初のきっかけを与えた人だった。

デューンの子守がいなくなったため、母親はクリスタルのバレエ教室で、レッスンの間彼を待たせておくことにする。こうしてバレエと出会ったデューンは、レッスンを見よう見まねで行うようになった。

幼い彼の天性の素質に、周りの大人が気づきはじめる。教室でピアノをひく老人や、先生の助手をつとめる女性や。いろいろな事情がかさなって、クリスタルの発表会にデューンも出演することになり、一躍注目を浴びるようになる。

ストーリーはたえず姉と弟を対比させながら進んでいく。

両親、特に母親に溺愛（できあい）され、お金をつぎこんでの習い事をさせてもらうクリスタル。彼女にもつぎこむだけの素質があるのだが、甘やかされて驕慢（きょうまん）になり、目をひく美少女でもあるクリスタルは、上達のための地道な努力を忘れがちだ。

一方、まぎれもなく才能をやどしているデューンは、踊ることを熱望しても両親や兄にわかってもらえない。それでも、ついには姉弟そろって王立バレエ団付属バレエ学校に入学するのだが、母親がデューンを認めたわけではなく、周りの声に説得されてのことだった。

こうしてストーリーをたどると、ありがちな安手の小説に見える。だが、この物語が真に値打ちを見せるのは、「いじわるな姉」キャラクターのクリスタルや、無理解な態度をとる母親をけっして切り捨てず、ふところの深い愛情をもって描き出しているところだろう。

初恋をきっかけに変身するクリスタルだが、彼女がステップをのぼるためには、さらに挫折と傷心を味わわなければならない。物語の後半になると、デューンがつぎつぎと抜擢されるのに比べ、読み手の同情がクリスタルに移るほど、一少女の傷心をしっかりとらえている。

また、デューンにつらく当たったように見える母親も、けっして悪い人間ではなく、少し俗物であるだけであって、好意や熱意が空回りするタイプなのだということを、さりげなく行き届いた理解で書いてある。

さらには、バレエ学校の教師たちといった、周囲の大人の簡素で確かな描き方に、作者が成熟した人物であることをうかがわせるのだ。

優れた文学作品を目ざすわけでなく、あくまで少女小説の枠内におさめてあるのだが、鋭い人間観察を秘めながら多くは筆をさかず、周囲の大人も主人公の姉弟も、バランスを崩すことなく浮かび上がっている。

できることなら、わたしもゴッデンのような成熟したおばあさんになりたい。

七十歳を超えていまだ書くことが楽しい人――ようやくのびのびと子どもの視点に立って、軽やかな物語が書ける人になりたいと思うのである。

読書という宇宙

「橋わたし」の思考

『脳のなかの幽霊』(V・S・ラマチャンドラン&サンドラ・ブレイクスリー　角川書店)は、原書一九九八年、翻訳出版が一九九九年の脳神経科学の本だ。わたしは遅くとも二〇〇〇年には読んだと思う。

ところが最近(二〇〇五年現在)、この本が大型書店の店頭で表紙を見せているのにびっくりした。

どうして今ごろ?

……友人が説明するには、養老孟司(たけし)氏がTV番組で紹介した効果であるらしかった。

店頭で目にしたとき、思わず、

「この本、おもしろかったよ。わたし好きだった」

と口走ったが、強く印象に残っていたのは、ラマチャンドラン博士の文章の好感度だった。

内容の記憶は、かなりおぼろげだった。

切断した腕に幻肢痛をもつ患者が、鏡のトリックで腕があるように見せられたとたん、症状が軽減した話、脳には身体の感覚をうけもつ部分がパーツごとに並んでいる話、右脳の機能をなくした卒中患者が、まひした自分の腕を、「兄の腕です」と断言した疾病失認の話……などの部分だけだ。

少し恥じ入って、これを機会にもう一度読み返してみた。

わが家の本棚にはしっかりあったのだ。

読み返せば、わたしが覚えていた部分が一番インパクトの強い部分――実験治療が劇的な成果を見た部分だったということがわかる。

けれども、博士はそれ以外にも、すっきりした解決はないがたいそう魅力的な問いかけを、ずいぶんたくさん投げかけている。今回は、視覚の話をおもしろく読んだ。

わたしたちは、ふだん目にしているものを、あるがままの外界だと思いこんでいるが、視覚はたいへん複雑な手順で脳に翻訳されていることが語られている。

脳には、見たものを分析分類する、「何」を見る視力と、まるで別系統に「いかに」を見る視力があるという話はおもしろい。小動物が危険を回避するために発達させた、動くものの速さや位置関係を視る、古い能力が「いかに」なのだ。

でも、人間でも射撃の名手となると、こちらの視力を有効に使うらしい。


その他興味深いのは、「何」を見る視力と、情動を受け持つ大脳辺縁系とが連動しなくなった患者が、それ以外は正常であるのに、自分の両親をにせものだと言い出す話、緑内障などで急に視力が低下した人たちが、薄暗い場所やたそがれどきに、天使や幻の子どもや故人を見る話、側頭葉てんかんを患う人が、自分は神の声を聞いた、または世界の真理を知ったと断言する話などだ。

どの事例も、古くには狂者もしくは聖者と見られたエピソードが、脳の機能疾患の問題だったとほのめかしている。

けれども、この本が真におもしろいのは、脳疾患の症例から得た数奇なエピソードのおもしろさで終わらないところだ。

個々の症例から得た知識を、ラマチャンドラン博士は、「われわれの身体とは何か」「われわれの世界とは何か」「われわれの意識とは何か」という、もっと大きな、もっと統合的な、言い換えれば哲学的な思索へと導いていく。

現在の科学者たちが、研究の専門分野に細分化され、だれも全体を見わたそうとしない機構について、博士は著書の中でもチクリと述べているが、こうした統合的な思索のためにこそ、彼は一般書を書く気になったのだろうと推察できる。

ラマチャンドラン博士が、今の学界に通用しなくなったものとして、フロイトの精神分析を少々くさしながら、自分の腕を自分のものと認められない失認（しつにん）患者の理解と共感において、フロイトの述べた諸説がたいそう妥当（だとう）だと認めているのが印象的だ。すべてにおいて断定はせず、再考の余地を残すべきだという態度が、博士の著書には貫かれているが、だからこそ柔軟で信頼のおける知性の持ち主を感じさせるのだ。

また、たいへんお茶目な文章家でもある。

この本のタイトル『脳のなかの幽霊』が、アーサー・ケストラー『機械の中の幽霊』のもじりだということは、わかる人にはわかる（わたしは、興味があったものの未読なのだが、有名なのは知っている）だろうし、章タイトルも「存在の耐えられない類似」やら「片手が鳴る音」やらだし、章に引用するパラグラフには、シャーロック・ホームズを語るワトソンが出てくる。

つまり、堅苦しい一方の論考ではなく、ユーモアを感じる読み物なのだ。ジョークを紹介するのに、「別に驚くほどのことではないが、人種差別にも性差別にも民族差別にも該当しない例を探すのはむずかしかった」とことわりながら、それでも紹介したり。

第九章で、進化心理学の注意点をあげる一言、

「たとえば私たちが知っている文化には、ほぼ例外なく、原始的ではあっても何らかのかたちの料理が存在する（そう、あのイギリスにさえある）。しかし、だからといって脳のなかに料理遺伝子に規定されたモジュールがあり、それが自然選択で磨かれてきたと論じる人はいないだろう」

——には笑ってしまった。博士がインド生まれの人だからなおさら。

臨床医師として、患者の苦しみを分かち合う立場にいる人間には、シニカルなユー

モアはふさわしくないはずだ。けれども、茶目っ気と明るさと、たやすく悲観しない知的なふところの深さを感じさせるユーモアだったら、つらい目にあっている人々でも、接してみたいと思うことだろう。ラマチャンドラン博士の文章を読んでいると、博士の少々お茶目な実験治療につきあう人がたくさん現れたことが、なんとなくわかる気がするのだ。

この本で一番感銘を受けたのは、たぶんそのところだった。

医学界に優秀な人物はたくさんいるだろうが、専門集団と専門用語の高みから抜け出して、広いすそ野で一般人のわたしたちに楽しく語ることのできる人物は、たいそう稀（まれ）にちがいない。オリヴァー・サックスもその一人だが。

こういうとき、彼らのように例外的な学者の書く文章は、既存の作家の著作より優れているような気がしてくるのだ。

どうやら、わたしがとりわけ好む著作というのは、考察のどこかに「橋わたし」する意図があるものであるらしい。

一つの分野に拘泥せず、今まで結びつけなかったものごとを結びつけて拡大する思索——科学も芸術も、東洋も西洋も、高尚なものも卑近なものも、自在に出入りして何かを見つけようとする思索。そういうものに強く惹かれるのだ。

わたしがファンタジーを好む理由も、だからこそなのだと思う。ファンタジーこそは、領域を超えたものを結びつけて成り立っている創作だ。神話と現実、魔法と科学、おとぎ話と今ある社会……

わたしが大学にいたころに出版された本に、児童文学評論選『オンリー・コネクト』全三巻（イーゴフ、スタブス、アシュレイ編 岩波書店 一九七八〜一九八〇 原書一九六九）があった。この総タイトルは、第二巻所収のP・L・トラヴァースの講演録「ただ結びつけることさえすれば」に拠っていた。

『メアリー・ポピンズ』の作者トラヴァースによる創作の秘密は、ただ結びつけることさえすればいい、というものなのだ。この文句は長い間わたしの心に食いこんでいて、いまだにときおり思い出してしまう。

なぜなら、年月がたてばたつほど、真実そういうものだと思えてしまうのだ。最近の脳神経科学の研究で、成人の脳も進歩し続けていること、脳細胞の総数は赤子時代より減るかもしれないが、ニューロンの連結は使えば使うほど増えていき、遠くにある細胞同士を結びつけることができる……と言われるのを知って以来、わたしのファンタジーのイメージはそういうものになっている。

そういう「橋わたし」の思考が、人類の基本だったかもしれないとさえ思える。

これは、中沢新一氏の著作『人類最古の哲学』（カイエ・ソバージュI　講談社選書メチエ）で読んだことだが、われわれ人類の祖先が獲得した脳が、ネアンデルタール人と決定的に違っていたのは、異なる認識領域を連結し、意味が流動するニューロン・ネットワークを形成するようになった点だそうだ。

われわれの祖先よりも大きな脳をもっていたネアンデルタール人だが、言語的認識、社会的認識、博物学的認識など、それぞれの役割が特化していて、横につながらない脳だったらしいのだ。

思索を生み出すには、異なる認識の連想能力が不可欠となる。たとえば、味覚で使用した「甘い」という言語から、「甘い誘惑」や「つめが甘い」などの類推を派生するように、異なる認識を結びつけて重ねる、概念としての「甘い」を獲得する能力が必要なのだ。

こうした連想能力を駆使して、人は初めて世界を説明する物語を創りだし、これが哲学のもとになったと『人類最古の哲学』では説明している。

ちなみに中沢新一氏は、その著作のごく初期のころから、横すべりする知性の重要さにこだわっている人だった。中沢氏もまた、領域を超えた結びつけに注目する一人なのだ。

いつかは、結びつける人々の中から、パラダイム・シフトを呼び起こす人物が名をあげて、認識世界はファンタジーよりもファンタジックに変貌するのかもしれない。

そう思うと、おちおちフィクションを読んでいられないような気さえするのだ。

ひらめきと直感

二〇〇四年に他界された、網野善彦氏の追悼文でもある『僕の叔父さん　網野善彦』（中沢新一　集英社新書）を読んだ。個人的に強く感動したところが三箇所あったが、その最初のものは、網野氏が「飛礫」に開眼した日の回想だった。

網野善彦氏の著作は、『異形の王権』が出版された一九八六年前後、ちょっとしたブームを巻きおこしていたから、わたしも多少は読んでいた。

しかし、「飛礫」の発見が網野氏にとって重要だったと、文章からありありと受け取れるにもかかわらず、うまく活かされていないような気がしていた。乱暴を承知で言えば、着眼点はすごくおもしろいのに、論旨はいつも既存の学説のすり合わせで小さく終わるように見えたのだ……学問の世界を知らなすぎるからだろうが。

その思いがあったので、『僕の叔父さん 網野善彦』で、網野氏が出逢った「飛礫」とは、一九六八年一月、佐世保港のアメリカ原子力空母寄港阻止闘争で、全学連の若者や労働者が機動隊に投げた石だったことを知り、びっくりしてしまった。

そのころ高校生だった中沢新一氏は、TVに映る投石行動に、権力に向かって民衆がなまの抗議をぶつける直接性を見て、興奮したそうだ。

マルクス主義者だった中沢氏のお父さん厚氏も、同じ思いと察していたところ、民俗学者でもあった氏は、まったく異なる視点からTVを見ていた。そして、興奮して言ったそうだ。

「この投石なあ、お父さんたちも子供の頃、笛吹川でよくやったんだ」……と。

地元の老人の話を採集して回ったところ、五月の節句の季節に、川をはさんで隣村の子ども同士が向かい合い、石を投げ合う「菖蒲切り」の習俗が浮かび上がってきた。

中沢厚氏はこの発見を、義弟にあたる網野善彦氏に語り、権力に向かってつぶてを飛ばす行為に、歴史上で裏付けになるものが何かないかと尋ねたという。すると、網野氏の顔色が変わった。

中世前期の文献に記録される、のちには被差別民とされた人々や、悪党と呼ばれた人々が、さかんに「飛礫」を投げたことが、網野氏の中で焦点を結んだのだ。それはおそらく、客観的な関心事ではなく、投石する人々への強い共感の伴う焦点だっただろう。

わたしが感動したのは、古文書に埋もれて生きる歴史学者のような人々も、今日的な問題とけっして無縁ではなく、現在から着想を得ている点だった。悪党への関心そのものは、東大の卒業論文からもっていた網野氏だったが、同時代の投石を知って初めて、大きな手ごたえを確信したのだろう。いまだ名付け得ないものながら、今日的課題につながるからこその確信だ。それは理論より先にくるものであって、純粋に偉大な発見は、そのようにまず「直感」でとらえるものだという気がする。

佐世保港の闘争時、わたしはまだ小学二年生で、社会情勢を思いめぐらす歳にはなっていなかった。

だから、民衆の投石を思い浮かべるとしたら、このときではなく、最近中国で行われた日本大使館に向けた投石だ。網野氏が生きておられたらこれをどう見ただろうと、思わずにはいられない。

「飛礫（つぶて）」の問題は、権力と人間のあり方にまでつながる深い問題をかかえている。そこに着目する網野氏が、なぜ日本は天皇制を失わなかったのかという疑問に答えを出そうとしていたことは、自然な流れのように思える。

象牙（ぞうげ）の塔とは縁遠いわたしだが、学問するということは、自分の興味を全霊で追求することであって、学校の勉強とは異なるものだと、つくづく思う。

物語の創作にも似たところがあるが、創造の始まりは「ひらめき」と、そのひらめきが追求に値するかどうかをさとる「直感」だという気がしてならない。

歴史学のような文系の学問でなくとも、数学や物理学上の発見であっても、おおもとは同じではないだろうか。新しい方程式が正しいという直感がまず先にあり、理論や検証は後からついてくるのでは。

人は、既に知っていることしか発見しないとだれかが言っていたが、それはきっと本当だと、これまた直感で思うことがある。

自分の知っていた何かが、ある日突然新しく、今初めて目にしたように思え、しかも美しく興味深く、魅せられるものになったことを「発見」と呼ぶのだろう。

しかし、直感のほうは、いったいどこからやってくるものなのだろう。どんなハウツー本にも答えのない、脳神経科学が解明する日もはるかに遠いと思われるものごとではある。

『共感する女脳、システム化する男脳』（サイモン・バロン＝コーエン　NHK出版）という本を読んだ。

出つくした感のある、脳の男女差にかかわるテーマだが、この著作は『話を聞かない男、地図が読めない女』に類した流布本ほど、事象をおもしろおかしくネタにふらない。慎重な態度――性差別批判や誤解の危険性を思い知った態度――で書かれた、二〇〇三年の後発本だ。

左脳優位の女脳、右脳優位の男脳という見解をもう一歩進めて、（あくまで個体差を承知した平均上という意味で）女性型の脳は、コミュニケーションと他者の感情を察知して同情する能力「共感」に秀で、（同じく平均上という意味で）男性型の脳は、空間把握と世界を秩序立てて構築する能力「システム化」に秀でていると位置づける。この一歩進めた定義で、より興味深くなるところは、自閉スペクトラム症の人々を、男性型の脳を極端に進めた「超男性型」の脳の持ち主ではないかと推論するところだ。

自閉スペクトラム症に男の子が多いのはなぜかと、わたしもつねづね不思議に思っていた。

しかし、超「システム化」型の脳と言われると、その傾向に納得してしまうものがある。

本人の関心のすべてがシステム化に向かうため、異常なほど細かい観察能力や、記憶力、驚異的な暗算力などが出現することがある。その一方で、生活を決まった順番と手順で行わないと気がすまないなど、決まり切ったことに固執するのが自閉スペクトラム症の人々だ。

そして、程度の差はあっても等しく「共感」能力が低く、他人の感情変化がわからない。人と目を合わせることをしないし、他者の必要性も本当には理解できない。

同じ行為に同じ反応が返ってこないとシステム化ができないので、人の感情のように不確実なものは、むしろ排除したいほうなのだ。

自閉スペクトラム症と診断されないまでも、数学や現代物理学で業績をつくった天才的な人々に似かよったタイプが見られることは、よく知られている。天才なのに日常生活は通常よりできなかったりすることは、多くのエピソードが語るものだ。

早くに右脳を発達させる人々——男性型と呼ばれる人々——に、システム化能力に偏向するタイプが生まれがちなのは、ずいぶんと納得できる話だ。

ジェンダーの強制によって、文化的な環境が男の子を男の子にし、女の子を女の子にするという見解が、ひと頃さかんに提唱されたけれども、それだけで事象のすべてを説明することはできないと、わたしもずっと感じていた。弟がいたからだ。

三歳半の年齢差があるので、弟が乳児だった時期からずっと記憶にあるが、彼は二歳にならないころから、路線バスを目にするとたいそう喜んでいた。姉のわたしには、とうてい理解しがたい感覚だった。

　ところで、『共感する女脳、システム化する男脳』の巻末には、付録に診断テストがついている。

　以前に読んだ『話を聞かない男、地図が読めない女』にも、男脳・女脳テストがあったものだ。そして、わたしが試すと、男脳タイプと女脳タイプの中間に結果がでたはずだった。

　しかしながら、この本のシステム化能力（自閉スペクトラム症指数）テストをしたら、わたしは目もあてられない低さになった。なんと平均女性の下限にも届かない。かといって、共感指数テストに特に秀でているわけでもなく、平均女性の範囲内だった。

　……かなりダメ人間かも。


　けれども、この結果は自分でけっこう納得のいくものだ。

　わたしがもしも、共感能力に特に秀でた人間だったら、今ごろはたぶん、人と接する職業につくか主婦をしているだろう。

　共感能力を活かすには、目の前に世話する相手がいるのが一番で、おしゃべりが一番に決まっている。孤独に文章に向かうことはないと思う。

ただ、学問を含めて、何かを創造する人々の脳内で、共感能力とシステム化能力がどういう比率でどのように働いているかは、だれにもわからないことだろう。創造の始まりとなるひらめきと直感が、右脳優位のものなのか左脳優位のものなのか、これもわからないことだ。

もっとも、わたしに関して言えば、女性型の脳に多いと言われる、脳の左右両方を使って言葉を考えるタイプだということは、確実に言えると思う。

なぜなら、わたしの場合、なけなしのシステム化能力が、文章に対してしか働かないからだ。右側も言葉が占めているかのように。

空間把握はからっきしダメなくせに、原稿の文章量だけはなんとなく目算が立つ。

そして、直感が正しかったと言えるものごとをかえりみると、書物とその周辺に限られるのだ。

アンの理想と現実

季節が美しくなると、どれほど言葉を重ねてもこのすべてを描写できないと思う。するとﾞ、プリンス・エドワード島の風景賛美を思い出す。L・M・モンゴメリが生涯愛した島の自然。地元の自然をあれほどいとおしむ小説を、わたしは『赤毛のアン』で最初に知ったのだった。

二〇〇四年三月に、『「赤毛のアン」の秘密』（小倉千加子 岩波書店）が出版された。わたしは、以前にモンゴメリの自伝も伝記も読んでいたし、出版された日記も多少読んでいたので、驚く内容というわけではなかった。モンゴメリがアンを書き続けることにうんざりしていたことを、すでに知っている。

結婚生活の内実が幸福でなかったことも、出版にかかわる訴訟にエネルギーをとられたことも知っている。

とはいえ、さすがにその死が自殺とまでは思わなかった。晩年が不幸に見えたのは、前からだったけれど。

中学生のわたしだったら、やっぱりショックかもしれない。当時は、アン・シャーリーと作者のモンゴメリはほぼ同一人物に見えていた。プリンス・エドワード島へ行けば、グリーン・ゲイブルスが実在して、アンの部屋があって、「輝く湖水」も「恋人の小径」も「歓喜の白路」もあるのだから。社会科の副教材として初めて手にした地図帳で、カナダの端っこに点のようにくっついているプリンス・エドワード島を、苦労して探し当て、「海外旅行へ行けるようになったら、他のどこでもなくここへ行きたい」と夢見たことを覚えている。

小倉千加子氏の語る、摩訶不思議な日本人観光客と同じ心境だったのだ。

もっともわたしの場合は、費用を捻出できる年齢になる前に熱が冷めてしまった。けれども、日本人女性による『赤毛のアン』紀行本はくり返し出版されるし、プリンス・エドワード島の観光客は日本の女性がたいへん多いと聞くので、同じことを考えた人は多かったのだとさとった。

たしかに、つねづね不思議だと思っていたのだ。

日本人にかぎって『赤毛のアン』巡礼がこんなにポピュラーなのは、いったいなぜなのだろうと。

『「赤毛のアン」の秘密』を読んで一番興味深かったのは、この謎を解く部分だった。

敗戦後の日本における女性の立場と、アン・シリーズに託される日本少女の夢との関連性——作家モンゴメリを語りながら、著者の最終的な視点が、日本に生まれたわたしたちに向かってくるところ。

アンに憧れる精神構造が見事に解き明かされていて、わたしもじつに典型的な日本少女だったのだと、しみじみ思った。


アン・シリーズを理想にしたまま生きてはまずいのではないかと、わたしが思い始めたのは、高校三年間のどこかでだった。

まだ高校に入ったばかりのころは、わたしも、通学電車で読む本にアン・シリーズを携える女の子だったのだ。けれども高三になってから、一年のときに同じ部活をしていた人にそのことを指摘されたら、たいそういたたまれなかった。女の子らしい女の子と、好意で注目してくれたらしいのだが、高三のわたしにとっては、忘れたい過去を取り出されたようなものだった。「かんべんしてくれ」と思ったことを強烈に覚えている。

変化の激しい時期だから、いつ百八十度転向したかはそれほどはっきりしない。しかし、かよった高校が地元で有名な進学校だったこと、三分の二が男子で、彼らの多くがごく自然に、自分の将来有望さをさとっている人間だったことは、影響したかもしれない。

それまでわたしは、母の理念を実行することに何の疑いももたない少女だった。可能なかぎりレベルの高い学校へ行き、それを結婚に有利な条件とするべし——というのが母の訓辞だ。我が家は、見合いの条件をよくするものを何ももたないのだから、本人の学歴だけは加えなさいと、くり返し聞かされた。

または、よい学校へ行けばそれだけよい出会いがあるだろうと。

これにのっとれば、アン・シャーリーが理想で憧れの女性になるのは、もう当然の帰結なのだった。アンは『赤毛のアン』の終わり近くまではみっともない女の子だが、学力優秀で男子と競争し、十五歳のころからがぜん美人になり、大学でもトップクラスの成績をおさめて、あげくに未練なく家庭の主婦におさまるのである。

何がどうあろうとも、まともな女性は家庭に入るべきだと、著者モンゴメリが固く信じていたとしても、二十世紀初頭の地方の常識に照らせば、無理もないことなのだろう。

自身もそれを実践したモンゴメリだった。愛情よりは社会的地位を、オールドメイドからの脱却を望んで、牧師夫人を選んだのだ。

モンゴメリは、ちょっとわたしの母と似ている。

自分は大卒ではないが、行かせてもらえれば十分その頭脳をそなえていたと思っているところ。実現しなかったその夢を、よそに託したところ。

それゆえ、学歴は取得すればするほどいいと考えて、高学歴は結婚のよい条件ではないことが、まったく見えていないところ。

世界的に評判を得た『赤毛のアン』の続編を求める読者に応え、L・M・モンゴメリは、理想の女性としてのアンを書き進める。

進学をあきらめ、村の小学校教師をする『アンの青春』をはさんで、ついにレドモンド大学に入学し、女子学生の共同生活を満喫する『アンの愛情』、ギルバートとの結婚式と新婚家庭が描かれる『アンの夢の家』。（婚約時代の書簡でつづられた『アンの幸福』は、もっと後年の作品だ。）

『夢の家』まで、アンはこれみよがしに人生に勝利していく。涙も後悔も、最後の勝利に華を添えるにすぎない。そして、最後の勝利とは、ギルバートとの結婚――医者の夫人におさまることだった。

アン・シリーズは十冊あるが、『夢の家』から先はすべて、表舞台からひっこんだアンの物語である。アンの子どもが主役、または（まだ結婚しない）村人が主役をはるのだ。

人生の勝利宣言を結婚と定めたとき、その先には下降線しかなく、二度と主役に浮上することはないと、はからずとも教えているのがアン・シリーズなのだった。

あるとき、ふいにそのことに気づいて、まだ批判は思いつかないまま、とても歯がゆくなったのを覚えている。

同じ教室に座る男子たちは、常識として自分の挑戦が二十代で終わるとは、だれも考えていないのだから。

方法などはわからないが、せめて、自分の感じる人生の頂点を、二十代でなくもっと後ろにもってくることはできないのか。でないと、下降線の年月はあまりに長いのではないか。

もやもやしたその思いを、そのころ「夢は、退職後に花嫁学校を開くこと」と語っていた化学の先生にぶつけてみた。この先生は、化学レポートの余白に何を書いても、ユニークであれば喜んでくれたのだ。

わたしの化学の成績はさんたんたるものだったが、このとき一回だけ、先生は提出レポートにAプラスの点数をくれた。

「そういう考え方ができるようになったら、あなたもりっぱなレディです」と、コメントが添えてあった。（思えばじつに紳士的だった。）

そんなこともあって、わたしはだんだんアン・シリーズから離れていったのだろう。

けれども、本当によく読み返した作品だったし、ものを書くことを意識しはじめると、早い時代に女流として成功したモンゴメリに興味がわいて、関連の書籍をけっこう読んだ。

モンゴメリの結婚の様子を読むと、彼女はよく長年の結婚生活をもちこたえたものだと思う。

収入のある女流作家でも、未婚ならば、カナダの保守的田舎にあっては「変わり者」でしかない。プライドの高い彼女にとって、自分が周囲より格下の女性であることは耐えがたかった。

解決策として島を出て行くことはできたし、そう決断する女性もいたはずだ。当時といえども都会なら、ものを書く女性にもっと理解があったはずなのだ。

けれどもモンゴメリは、頑(がん)としてプリンス・エドワード島にとどまることを選び、かわりに牧師夫人になって、周囲を見返すことにした。

『赤毛のアン』にある、牧師夫妻をお茶に招くエピソードからも読み取れるように、牧師夫人は賢夫人のお手本で、尊敬を集めると同時に衆人環視の存在だということは、想像にかたくない。率先して地域社会に身をささげ、私事私情を後回しにし、行事や会合に心を砕かなければいけない。

創作する人間が必要とする、プライベートな時間や自由奔放な発想を、もっとも奪われる生き方ではないだろうか。

その上でモンゴメリは、うつ病に悩む夫と三人の子どものいる家庭を切り盛りしなければならなかった。けれども、大変さをだれにも相談できなかった。彼女自身も徐々に抑うつにおちいったのは、そうならないほうがおかしいくらいだったのだ。

プリンス・エドワード島の風景美は、モンゴメリが島にしがみついて生きた理由でもあり、最後まで彼女を失望させなかった唯一のものだった。そう思うと、修飾語過剰なほどの賛美には、胸にせまるものがある。

成長途中でアン・シリーズを否定したこのわたしでさえ、いまだに作品が心を打つ最大の部分といえば、L・M・モンゴメリの文章にあふれる風景描写の喜び、一つの土地をこよなく愛するその精神なのだ。

笑う平安貴族

清少納言の清は清原のこと、歌人として名高い清原元輔の娘ゆえの名前だ。中宮定子のもとに出仕できたのは、その肩書があるからこそだった。けれども、この有名歌人の娘は、かたくなに晴れの場で歌を詠まなかった。

勅撰歌集選者の父がいるからこそ、生半可な歌を詠むくらいなら一切詠まないほうがましだと、『枕草子』に書いている。歌の才を期待して呼ばれたのだろうし、和歌の上手下手が美人の基準になった時代だから、詠まないのはずいぶん不利だったろうに。

だが、たぶん、この人は自分の個性をよく承知していたのだと思う。

清少納言の和歌は、小倉百人一首に入っている。結局、後世に残る歌を詠んだ彼女だが、性格はこの歌からもはっきりうかがえる。男まさりな漢籍の知識と、それを活かす気の利いた発想が持ち味で、しっとりした情感を表現するのは苦手だろうということは。

夜をこめて鳥のそらねははかるとも
　よに逢坂の関はゆるさじ

和歌の世界でもてはやされるのは、それが女流であればなおさら、「あはれ」をそう豊かな情感が一番にちがいない。殿方のお好みは「花の色はうつりにけりな……」なのである。

ただ、清少納言にとって救われたことに、中宮定子は、機転のきく知的なおふざけが大好きな女性だった。この姫ぎみは、十五歳で十一歳の一条天皇の最初の女御になり、長く内裏に暮らし、清少納言に負けない漢籍その他の教養の持ち主だったのだ。入内する姫ぎみが、一般にどの程度の教養を身につけるかは知らないが、同じ一条天皇に入内した彰子を描く『紫式部日記』と比べても、定子がそうとう知的に活発な、笑うことの好きな女性だったとうかがえる。お父さんの藤原道隆もひょうきんな人らしいので、陽気さを受け継いでいたのかもしれない。

関白道隆が定子のもとを訪問したとき、帰るまで冗談を言い続けるので、送りに出た女房たちが、打ち橋から落ちそうになるほど笑ったと、『枕草子』に書いてある。いいなあ、こういう男性。もったいなくもかしこき関白殿下なのに、ジョークで女たちを楽しませるなんて。

この藤原道隆、政治手腕はそれほどない、愉快なばかりの大酒飲みだったようだ。そのため、彼の病没後、子どもたちはやり手の道長に宮廷から追い落とされてしまう。

わたしたちが学校で古典を学ぶと、その世界はやけに、しんきくさいものに感じられる。

平安貴族は、花鳥風月をめでて感傷にひたるか、どろどろした政争に血道をあげているかのように見え、NHK歴史ドラマのようにまじめくさり、居ずまいをただして座っているように思える。

だが、みやびな平安朝のかしこき宮中であっても、人間ならば笑うしふざけるのだ。

そういうことを、『枕草子』や『今昔物語』が語ってくれる。

『今昔物語』の中に、清少納言のパパのエピソードを見つけた。

「歌読元輔、賀茂の祭に一条の大路を渡れる語」巻第二十八、本朝付世俗、第六だ。

賀茂の祭の使いになった清原元輔は、華やかな行列の最中、けつまずいた馬から落ちて冠を飛ばしてしまう。すると、見事なつるっ禿げの頭がその下から現れた。見物に居合わせた若い殿上人たちは、遠慮なく笑いさわぐ。

当時の成人男子は、公の場で被りものを脱ぐだけで恥とされたから、これはずいぶんおかしかったらしい。しかし元輔は、ぴかぴかの禿げ頭をすぐに隠そうともせず、若い君達に向かって、冠が落ちる必然やら故事やらをとうとうと説いて聞かせるのだった。そこがまたおかしかったようだ。

この元輔は「物可咲しく云て人咲はするを役とする翁」と評判が高かったので、これほど臆面なく述べることができたのだろうと、話を結んである。

注目するべきは、当時の若い君達——高い官位についている良家の若さまたち——が、たちの悪い、大のからかい好きだとふまえてあることだ。平安朝の貴公子といえども、十代やはたちそこその若者は、高校生や大学生と同じく、悪ふざけや人をからかうことが大好きだったのだ。

親が偉くて生意気なぶん、もっと始末におえなかったかもしれない。けれども、そうだったと知るほうが、千年と少し前の彼らを何倍も自分の身近に感じる。仲間同士つるんで傍若無人（ぼうじゃくぶじん）にふるまうのは、昔も今も変わらない若者の姿なのだ。

『今昔物語』には、元輔の話の前後にも「物可咲（おか）しく云う人」の逸話がいくつも並んでいる。言葉たくみに人を笑わせる人物は、当時もかなり愛されたのだとわかる。

清原元輔がそういう人物だったと知って、初めて清少納言の性格にもうなずくことができる。つまり、彼女はけっこう父親似だったのだ。

女房（にょうぼう）を笑わせた関白道隆が、清少納言を目にして、「かれは故（ふる）き得意を」と発言するところがある。道隆の性格なら元輔とたいへんよく気が合い、よしみをもっていておかしくない。

そして清少納言は、中宮定子の冗談好きを知り、和歌以外の取り柄を活（い）かすことのできる自分に自信をもったのだろう。

『源氏物語』は「あはれ」の文学、『枕草子』は「をかし」の文学と、たしか中学で習ったはずだが、読めば読むほどそのとおりだ。

清少納言は、興じることのできるものごとだけを語り、中宮定子の自慢になることだけを残し、おもしろいことは拾い上げても、底にある感情はたくみに見せなかった。

それが彼女の強みだったのだと、史実とつきあわせると自然に納得がいく。

関白道隆の死後、がぜん頭角を現す道長と衝突した定子の兄弟二人は、遠国に左遷の憂き目にあい、定子は悲嘆のあまり髪をおろすことまでしている。

同時に、道長が娘の彰子を天皇の后に押す力は強く、一条天皇も逆らえない。後見人のいない定子は不遇をかこつ中、第三子の出産がもとで、二十五歳の若さで亡くなってしまう。

そういうことを、清少納言は少しも書かない。

中宮定子が「職の御曹司」に移った理由には、右のような事情があったにもかかわらず、活き活きと描かれているのは、奥深い後宮とは違うものが見られるめずらしさ、おもしろさだ。

内裏の外にあって立ち寄りやすいため、殿上人(てんじょうびと)が引きもきらずに訪問してくると、むしろ得意げな様子で書いてある。実際にそうだったのだろう。

また、建物のめずらしさに、女童(めのわらわ)ばかりか高位の女房まで庭に出て歩き回り、男性の沓(くつ)音を聞いてあわてて逃げ帰ったなど、他の文献では見られない元気な女性陣の姿がつづってある。


すでに時の人である藤原道長をはばかって、批判や恨み言の文章が書けなかったのだという説もあるし、彼女たちは政治に無関心だったと考えられなくもない。だが、とにかく、中宮定子という人が、泣き悲しんでくよくよと過ごす女性でなかったのはたしかだろう。

その強さを好ましいと思う。『枕草子』の「をかし」の精神は、心の強さに裏打ちされたものでできているのだ。

一方で、姫ぎみたちが、政治の闘争に関心が薄かったのもたしかだろう。中宮定子は、不幸な運命を感じることがあっても直視せず、けっして自信を失わなかったにちがいない。なぜなら、政治よりよっぽど女の関心が集中する愛情の争奪戦においては、彼女が勝利者だったからだ。

定子が亡くなるそのときまで、一条天皇の最愛の人は定子だった。そして、明るく才気にあふれる彼女のサロンは、家族が政治的に落ちぶれようと、なお風流人たちの人気を誇っていたのだ。

『枕草子』の背後にそういうものを見れば見るほど、この作品が好きになる。筆をとったのは清少納言だが、ここに展開する機知とおもしろさを愛する世界は、中宮定子と清少納言の双方の性格が重なったところに生まれているのだと感じる。

清少納言は一時期、定子の女房たちから道長サイドの人間だと思われ、仲間はずれの仕打ちにあって里帰りしたようだ。内裏焼亡で宮廷が一条院に移ったころだから、『枕草子』記述のなかでも後のほうのできごとだ。

どういうトラブルだったかは語られないが、清少納言のことだから、道長をも褒めたのではないだろうか。政治対立とは異なる次元で好悪を決めようとする態度を、主人の定子は認めてくれたかもしれないが、取り巻きは、そういう心情の持ち主ばかりではなかったにちがいない……女たちでも。

しかし、『枕草子』には、そこつな男性が笑われる対象になっている部分があっても、同性に対する個人的な悪口は、不思議なくらいに載っていない。他の女御（にょうご）のサロンへの対抗意識はあったはずだし、口さがない女たちが悪口を言わずにすむはずはないのだが、草子に一切書かなかったところが、清少納言と中宮定子の美意識だったのだろう。そうとうな潔（いさぎよ）さ、誇り高さだ。

あの紫式部でさえ、日記には清少納言の悪口を書きつづったのだ。

SFのいち押し

高校三年を目前にし、これから大学入試まで、会場模擬試験の順位を上げること以外は関心をもつことまかりならぬという時期に、のちの指標となるような本にたくさん出逢(であ)った。

しばらく市立図書館の児童書コーナーを利用しなくなっていたのだが、その間に、これが児童書かと目をみはる作品が、ぞくぞくと訳出されたのを知ったのだ。

ローズマリ・サトクリフのローマン・ブリテンを扱う歴史小説、第一次世界大戦前後を舞台にした、K・M・ペイトンの「フランバーズ屋敷の人びと」、SF作家アーシュラ・K・ル＝グウィンの「ゲド戦記」、ウェールズ神話をアレンジしたアラン・ガーナー『ふくろう模様の皿』その他の作品や、ロイド・アリグザンダーの「プリデイン」シリーズ。

当時は、ヤングアダルトという区分のない時代だったので、高校生の自分が読んで遜色ない、これほどグレードの高い児童書の存在を知らなかった。自分の読書経験の中で、このときのインパクトが最大だったからこそ、わたしはそれに類するものを書こうとするのだと思う。

これと時期を同じくして、わたしはＳＦに出逢った。それまで、このジャンルにはほとんど手が出なかったのだ。レイ・ブラッドベリの一、二冊と、ネビル・シュート『渚にて』がわりと好きだったが、それでも、お呼びでないジャンルだと思っていた。ところが、ふと読んだフランク・ハーバート『デューン・砂の惑星』には圧倒された。

枠組をスペースオペラにとりながらも、惑星の生態まるごとを物語の主題にした、発想の斬新さとおもしろさ——エコロジーの考え方を前面に取り上げた先駆だった。

児童文学とＳＦに金脈がありそうだと、その思いだけかみしめて、まる一年を受験勉強に費やすことになった。たまりにたまった欲求が、入試が終わるやいなや爆発したのは言うまでもない。

図書館へ飛んでいって借りたのは、児童文学研究書。読むべき児童書を効率よく探しだすためだ。しかし、SFのガイドは当時手薄だった。幸い作品の大多数が文庫本だったので、片はしから読んでみることにした。

そういうわけで、大学入学の年に、わたしはたぶん百冊以上のSFを読んだと思う……少なくとも、そのときの市立図書館の書棚でめぼしいものはほぼ読んだ。

もっとも、ハーバートの作品から入ってしまったせいか、アシモフ、ヴォークト、ハインラインといった大御所を、それほど楽しめなかった。ニューウェーブのほうが好きだったのだ。

当時は、ル＝グウィンが「SFの女王」と呼ばれて輝いていたときだから、新しい世代に関心を寄せたのかもしれない。

ル＝グウィンの著作も、わたしには「ゲド戦記」よりSFのほうがおもしろく思えた。『所有せざる人々』とか、『辺境の惑星』とか、『アオサギの眼』とか。

あのころ新しいSFとして出てきて、わたしが追いかけた作家で、今でも本屋で見かけるのはP・K・ディックぐらいだろう。有名なのは『アンドロイドは電気羊の夢を見るか？』だが、その他にも『ユービック』とか、『暗闇(くらやみ)のスキャナー』などが好きだった。

大学四年間と就職してしばらくの間は、SFの最先端を忠実に追いかけもしたのだ。けれども、サイバー・パンクと言われる作品群が登場するあたりから、これという理由もなく、急に熱が冷めてきた。

SFとの蜜月（みつげつ）は、それほど長くはなかったのだ。SF出版界そのものが、一時期のパワーを失ったように見えたのも事実だ。

それでも、SFの読み方はかなりわかった気がするし、一般の文芸作品よりも、よっぽどファンタジーと土台を同じくすることもわかる。

もしもその場に、泣ける純愛小説とハードSF小説の二冊しかなかったとしたら、わたしはきっと、SF本を選ぶだろう。

自分のSF体験を総括して、これこそが神髄だと思い、長い年月がすぎた今でも評価が変わらず、SFのすばらしさを他人に向けて語るとしたら、わたしの場合、この作家しかいない――コードウェイナー・スミスだ。

コードウェイナー・スミスは寡作で、長編が一つと三十あまりの短編しかなく、一九六六年には死去している。邦訳は一九八二年、ハヤカワ文庫で短編集『鼠と竜のゲーム』が刊行されたのが皮切りだ。しかし、その後長い間、続刊は出版されなかった。……売れなかったと思われる。

訳者が心配しているとおり、読む人を選ぶ作品なのだ。

(現在は、長編『ノーストリリア』と、残りの短編を集めた『シェイヨルという名の星』『第81Q戦争』が、いずれもハヤカワ文庫で刊行済みである。)

これに傾倒し、友人の佐藤多佳子さんに薦めてしまうほど好きだとは、わたしの読書経歴においても異例の事態だった。だいたい、わたしはあからさまに長編好きで、愛読書に短編集はほとんどないのだ。けれども、この作家に限っては短編に惚れた。

いや、むしろ、彼の作風はあまりに強烈なので、短編のほうがよく味わえると思う。

唯一の長編『ノーストリリア』も当然読んだが、ラストの生涯忘れられない一シーンを除けば、むしろ印象が薄まってしまう気がした。

ＳＦというジャンルは、「奇想」がもの言う場所だ。

奇想天外でありながら、未来の洞察につながるものならば優秀なＳＦだと思う。しかし、幻想文学もそうだが、ピン・キリの振り幅が大きく、病的なものもいくらでも持ち込める。

わたしは、並行して児童文学を読み進めるくらいだから、どれほどＳＦに興味をもとうとも、不健康でグロテスクな作品には拒否反応を起こすほうだった。

ところが、Ｃ・スミスの作品は、ある意味ではグロテスクなのだ。グロテスクで冷徹、人間性の極限を見てきた人が語るようなドライさがあり、登場人物がきわめて悲惨な結末を迎えたりする。

それなのに、彼の作品に限ってはわたしが読むに耐えるのだ。

どうしてなのだろう。Ｃ・スミスを語る解説者が、口をそろえて、類を見ないユニークさや詩的なシュールさや、驚くべき想像力を指摘するように、彼の作品は特殊なのだ。

グロテスクな要素をもちながら、同時にエレガントな感じをうける。感情を排した書きぶりで、登場人物に対しても冷酷なのに、バックに揺るぎない高い精神性を感じさせ、異常な場面を生み出しても、いわゆる病気の匂いがしない。

　そうした印象は、どの短編も、背景にある統一された宇宙史の流れをくんでいることから発生するのかもしれない。彼の全作品は、C・スミスのインナー・ユニバースに刻まれる何世紀もの確固たる未来史に、モザイクのように当てはまるらしいのだ。

　異様な設定とストーリーの中だからこそ、ふと見せる、無償の愛情や献身がピュアに活きるということもある。まるで初めて知ったように、はっとさせられる。

　全編でもっともラブ・ストーリー型なのは「星の海に魂の帆をかけた女」だが、奇抜な恋人たちの話だからこそ、ラストの何行かにいつも涙ぐんでしまう。

　作品のタイトルもユニークなものばかりだ。

「ママ・ヒットンのかわゆいキットンたち」……かわゆいとは？　と思ったら、可愛いどころか、類なく恐ろしい話だった。主人公が極悪人だからなんとか耐えられるが。

「アルファ・ラルファ大通り」は、天を指すハイウェイを、一組の男女が予言を求めて上っていく黙示録めいた話。この話もかなり怖い。

生前の彼は覆面作家だった。享年五十三歳で世を去った後、コードウェイナー・スミスがポール・M・A・ラインバーガー博士のペンネームだったことが明かされ、SFファンは騒然となったらしい。

ラインバーガー博士はミルウォーキー生まれ。辛亥革命の出資者で孫文の法律顧問だった父をもち、十七歳で父の代理として中国への銀借款交渉を成立、二十三歳でジョンズ・ホプキンズ大学の政治学博士号を取得。成人までに六カ国語に通じ、アメリカ陸軍情報部所属。第二次大戦中は中国で活動する情報部員となり、のちにケネディ大統領のもとで、アメリカ外交政策顧問をつとめた人物……だそうだ。

そんな輝かしい業績からは思い及ばないことに、生来体が弱く、片目は早くに失明、何度も大手術をくり返しながら生きのびていたという。その上に隠れたSF作家だったとは、まるで創作した人物のようだが、これが実人生だったらしい。

彼が極東の専門家で、国の顧問をするほど中国通だったことをふまえると、あらためて身にしみる短編がある。『第81Q戦争』所収の短編、「人びとが降った日」だ。掲載されたSFマガジンを、たまたま立ち読みして以来、どうにも忘れられなくなった一編だった。

五百年近く生きた老人の回顧談で始まるこの話は、実験区でしかなかった金星が、チャイネシア国に占拠された歴史的事件を物語る。

そのころ金星の地表は、ラウディと呼ばれる、直径九十センチで地表二メートルに浮いた、微生物を食べる生物で覆われていた。ラウディは人畜無害であり、突いてもたたいても無抵抗だが、殺傷すれば千エーカーに汚染物質をまき散らすものだった。

そこへ、チャイネシアの旧式な巨大宇宙船団がやってきて、またたくまにラウディを駆除し、金星の地面に水田をつくったのだ……

軍事作戦は単純なものだった。初日で八千二百万人の人民を、パラシュートのみの粗末な装備で降下させたのだ。酸の大気を渡りきった人間は少なかったが、生きのびて地表に降り立った男、女、子どもたちは、つないだ自分たちの腕でラウディを囲い込み、閉じこめて餓死させた。

チャイネシア指導者は、最初から七千万人までは捨てる心積もりだった。千二百万が、新しい植民地を建設すればよしとしたのだ。

……まったく、いったいどこのだれがこんな作品を思いつくのかと、がくぜんとしたのを憶（おぼ）えている。

象徴の文法

『妖女(ようじょ)サイベルの呼び声』（パトリシア・A・マキリップ　ハヤカワ文庫FT）を語るのは、なかなかむずかしい。

わたしにとって、特別な位置にあるファンタジーだからだ。

作品を読んだ時期が、わたしにとって決定的な時期だったのだろう。ファンタジーをただ愛好する人になるか、自分も創作したいと考えるかの、ぎりぎりの分岐点に立っていた。

そして、この作品に出逢(であ)ったことではっきりと思ったのだ。わたしもこういう作品が書きたい――ファンタジーが書きたいと。

『妖女サイベルの呼び声』は、優れたファンタジー（この作品は、第一回世界幻想文学大賞を受賞している）の中では、比較的短くまとまった作品だ。よけいなものを削ぎ落とした静謐さを感じる、物語詩のような架空世界。その風合いの中にありながら、細部の色調はゆたかで登場人物にも血のかよったものを感じさせる、取捨選択の見事な作品だった。

主人公のサイベルは、登場時には十六歳。魔術師だった父オガムの亡き後、たった一人でエルド山中に暮らしている。白い石の館には、祖父と父が収集した幻獣——古歌や伝説にしか現れない美しい獣たち——が暮らしており、サイベルも父の跡を継いで、あらたなコレクションを夢見ていた。

そんなサイベルのもとへ、甲冑姿の若者が赤子を抱いて訪ねてくる。若者はサール領主の息子コーレンと名乗り、兄ノレルと王妃リアンナの子どもタムローンを、王妃の姪にあたるサイベルにあずけると言う。めんくらうサイベルに赤子を押しつけ、コーレンは望みのない戦を戦うために平野へもどっていくのだった。

哀れみや温かみ、人間のいだく愛憎にはむとんちゃくだったサイベルが、腕に放りこまれた赤ん坊を育てることで、愛することを学ぶ。だが、タムローンもほっそりした少年に育つこころには、おのれの父親を求めるのだった。

悩んだ末、サイベルはエルドウォルド王ドリードを館に呼び寄せ、少年の出自を明かす。亡き王妃はサールのノレルに恋したが、タムローンの父親はドリードだったからだ。

そして、王の世継ぎはこの少年しか残っていなかった。

王ドリードは、たぐいまれな魔力と美貌をそなえたサイベルを、初めて見知って驚嘆し、手に入れたいと欲するようになる。同時期に、コーレンもタムローンを得ようと館を訪れており、覇権を争う人々の思惑の渦に、サイベルはいやおうなしに巻きこまれていく。

ストーリーの表層をなぞると、物語のメインはサイベルの復讐劇と言える。

ドリードのやとった魔術師ミスランに、あわや意志を剥奪され、王妃にすえられそうになったサイベルは、魔術師を殺してその手をのがれた後、ドリードへの冷酷な復讐を誓うのだ。

そして、そのためにコーレンと結婚し、サールの軍勢とともに王位をくつがえそうと企む。

深い山中でだれにも知られずひっそり暮らし、世間の愛憎とは無縁に生きてきたサイベルが、最も激烈な渦中に身を投じてしまうのが皮肉だ。タムローンが父王を愛していることを知り、少年を傷つけることが目に見えても、サイベルは復讐をあきらめることができない。

純粋な愛情からサイベルを想うコーレンが、その証しに、ドリードに殺された兄ノレルの恨みを捨てると申し出ても、サイベルは復讐をあきらめることができない。

暗い感情に彩られた、破滅に向かって突き進むストーリーだが、どろどろしたものは不思議に強調されず、美しいタペストリーを眺めるように場面は移っていく。水晶ドームをもつサイベルの白い館も、魔術師ミスランの怪しげな塔も、大家族の集うサールの領主館も、どこか静謐さをたたえた風景のもと、おとぎ話のように印象づけられるせいだろう。

その印象に大きく一役買っているのが、幻獣たちの存在だ。

それぞれに伝説をたずさえた稀有な生き物——ティルリスの黒鳥。猫の〈夜の貴婦人〉モライア。七人を殺めた隼のター。南の砂漠のライオン、ギュールス。美声をもつ銀色の猪サイリン。黄金を抱くドラゴン、ギルド。コーレンに謎をふっかける猪のサイリンも、コーレンに手傷を負わせ、かえって彼をサイベルに近づけたドラゴンのギルドも、その他の獣たちも、登場はひかえめながら玄妙な存在感をもっている。

サイベルが手に入れようと心をくだく、雪白の翼をもつライラレンを彼らに加えると、物語の根幹では、真の主役はこの幻獣たちなのではと疑うくらいだ。

白い鳥ライラレンは特に不可思議で、この伝説の鳥を自分のもとへ呼び寄せようと、サイベルが水晶ドームの部屋から呼び声を放つたび、訪ねてくるのはどういうわけか、燃える赤毛のコーレンなのだった。

物語の最後の最後まで、サイベルが自分の望みに気づかないまま、やみくもに求めた白い鳥とはいったい何だったのかが、暗黙に語られているとも言える。

さらにライラレンは、思いも寄らない二面性をもっている。

ある日館に現れた、黒い霞の獣ブラモアを、サイベルは不思議に思うが、獣は呼ばれずに来たわけではないと答える。

その後に館を訪ねたコーレンは、ブラモアに襲われて殺されそうになった。彼はからくも生きのびるが、サイベルを陥れようとした魔術師ミスランは、この黒い霞の獣に骨を砕かれて死んでいくのだ。

死に至る恐怖のブラモアが、ライラレンのもう一つの姿だった。

『妖女サイベルの呼び声』を、単なる男女の愛憎ドラマから隔たったものにしているのは、この幻獣たちの象徴性だろう。姿の魅力、存在の魅力とともに、世界そのものの格調を一段高めている。そして、彼らの存在ほど、ファンタジーの文法はこの象徴性にあるのだということを、はっきりと語っているものはない。

この作品を初めて読んだとき、わたしが一番心ひかれたのは、この物語の結末が微妙に因果応報の通念をはずれていることだった。

復讐の鬼と化したサイベルは、大切に思う人たちを打ち捨てても、歩みを止めることができない。それなのに、王城へ攻め寄せる前夜の土壇場になって、自分のすべてを放棄してエルド山へ逃げ帰る。そして、放心のままに日を送る。

サイベルを放心から呼びもどしてくれたのは、訪ねてきたタムローンだった。

少年は、今回の戦が奇妙なてんまつで終結したことを語る。サイベルが自由を与えて解放した幻獣たちが、戦線の各地に出没し、兵士たちは幻獣に魅入られてついていってしまったのだ。名だたる大将軍とてまぬがれず、彼らが我に返ったのは、何日も辺境をさまよったあげくのことだった。

ドリードはブラモアの恐怖によって死んでいた。自分も同じ道をたどるはずだったと、サイベルは静かに悟る。タムローンは今やエルドウォルドの王座についており、少年王が自分の職務へもどっていくと、今度はコーレンが訪ねてくる――なぜ来たのかと、サイベルが夫に問うのは当然だ。彼女はコーレンを深く傷つけ、その後はひたすら逃げただけなのだ。彼に許されるような理由のつく行動を、何一つしていない。

だが、コーレンは、呼ばれたら来ずにはいられなかったと答える。

言ってみれば、この物語は、サイベルという女性にとって都合がよすぎるはこびなのだ。

『妖女サイベルの呼び声』がもつ、ファンタジー・パワーの最大ポイントはここかもしれない。この都合のよさが、作品の稚拙さや強引さからもたらされるのではなく、物語世界の必然に導かれた結果と、どこか納得できてしまう点がすごいのだ。

コーレンが、サイベルの結婚の真の目的を悟り、サールを利用したことを知ってしまう場面のことだ。

自分の冷酷な正体を、彼には知られたくなかったと語るサイベルに、激したコーレンは叫ぶ。

「愛とはいったいなんだと思っているんだ──大声をあげたり、打ったりするたびに驚いて心から飛び立つ小鳥のようなものだとでも思っているのか?」

不器用ななりにコーレンを大切にしようとしたサイベルに、まったくのおかどちがいだとコーレンは告げるのだった。

そして、愛とはただ無償で与えるもの、相手の態度で左右されるものなどではないと、最終的には行動でサイベルにわからせることになる。

コーレンとタムローンが、彼らを少しもかえりみなかったサイベルを理屈抜きに許す展開が、わたしの心を打ってやまなかった。

しかし、思えば、サイベルも自分自身をかえりみず、タムローンの幸せを願って少年を王宮へやったからこそ、ふりかかったこの事態だったのだ。

ファンタジーでなければ、ライラレンのような象徴的存在がいなければ、このなりゆきに説得力をもたせるわけにはいかなかったと考える。『妖女サイベルの呼び声』の結末はわたしの身にしみた。プライド高く意固地なサイベルが、おのれの力の外で得ることのできたものに、なにか自分も救われたような気分になった。

作品を書くならファンタジーを、象徴のもつ言葉が表層下でしっかり語るような作品を書きたいと、このときに夢を見たのである。

世界の応答

ファンタジーではないが、わたしが早くに影響を受け、長く忘れられない作品として『愛の旅だち―フランバーズ屋敷の人びと1』『雲のはて―フランバーズ屋敷の人びと2』（K・M・ペイトン　岩波書店）がある。

このシリーズには、さらに第三作『めぐりくる夏』、第四作『愛ふたたび』があり、すべてクリスチナを主人公として語られるが、最初の二作が優れていると思う。

孤児のクリスチナは、十二歳になった年、おじと二人の従兄弟（いとこ）の住むフランバーズ屋敷にひきとられる。時は第一次世界大戦前、場所はイギリス、エセックス州の片田舎だ。

クリスチナが屋敷に到着したおりもおり、二人の従兄弟の弟のほう、ウィリアムがキツネ狩りの最中に落馬して運びこまれる。驚くクリスチナだが、ラッセルおじと兄のマークが足を折った弟を軽べつし、狩猟の話題に終始することに、さらに驚くことになる。
やもめ暮らしのおじの家、フランバーズ屋敷の粗暴さが徐々に判明してくる。
足の不自由なラッセルおじは、二度と馬に乗れないため、狩猟への思いは狂熱と化しており、息子たちにそのすべてを注ぎこんでいる。
この屋敷内では、馬と猟犬、狩猟シーズンのみが至上とされるのだ。

兄のマークは体も頑丈で、乗馬好きも狩猟センスも父親に劣らず、偏狭なラッセルに問題なく応えている。だが、弟のウィリアムは馬が苦手で、狩猟より飛行機が好きだった。二度と乗馬をしないために、骨折した膝が曲がらなくなることを願う少年なのだ。

これまで馬にふれる機会のなかったクリスチナは、おじから乗馬を命じられて震えあがる。だが、馬丁の若者ディックの適切な指導のおかげで、みるみる上達していく。馬を愛し、狩猟を楽しむことができるようになるのだ。

乗馬の達人ながら馬丁に甘んじるディックを通じて、クリスチナは階級差別による不公平さを知る。一方では、ハンサムで傲慢な若主人マークを通して、地主階級の典型の生き方を知る。さらには、屋敷のつまはじきながら聡明で数学の才のあるウィリアムを通して、新時代の到来を予感することになる。

クリスチナとこの三人の男性とのかかわりで、シリーズの全編が動いていく。マーク、ウィリアム、ディックの三人ともがクリスチナを愛し、もつれあいながらストーリーが進むのだ。

第一巻『愛の旅だち』は、十七歳になったクリスチナと十八歳のウィリアムの駆け落ちで幕を閉じる。

クリスチナは、おじが自分をひきとった理由は、ゆくゆくマークと結婚させるためと知っていた（彼女には、二十一歳になれば自分のものになる両親の遺産があった）。けれどもクリスチナの心は、兄にはない繊細さと自由な精神をもつウィリアムに傾いていく。

ライト兄弟が飛行を成功させてまだ間もない時代に、飛ぶことに興味をもつウィリアム。彼は、そのことが父親にばれて屋敷を出て行くはめになるが、狩猟舞踏会にクリスチナを誘いにくると言い残していく。

狩猟シーズン最後に催される恒例の舞踏会。イギリス地方地主の、伝統色あふれるパーティだ。その最中に、クリスチナはマークではなくウィリアムを選び、ともにフランバーズ屋敷を出て行く決意をするのだった。

二人の逃避行が、当時まだめずらしいロールスロイスの運転で行われたことも象徴的だ。伝統を固守する人々と、新時代をうかがう人々とのせめぎあいが、情景そのものに浮かび上がっている。

第二巻『雲のはて』には、屋敷を飛び出したクリスチナとウィリアムが、結婚式にこぎつけるまでの日々が描かれる。

クリスチナの同意を手に入れたものの、いまだ職すらもたないウィリアムの辛苦が始まる。自分の設計した飛行機を飛ばすことに野心を抱くものの、彼には先立つ資金がない。飛行場に就職口を望むのだが、それも容易なことではない。

整備士としてなんとかもぐりこんだウィリアムは、飛行場の格納庫に寝泊まりするようになった。クリスチナは少しでも近くにいようと、ホテルの住みこみ事務職に勤め口を見つけ、職業婦人となる。

若く大胆な二人が、業界そのものが若く大胆な、単葉機や複葉機のひしめく飛行場という舞台に場所を得て、同じように飛行機に集まった若い仲間とともに、危険と隣り合わせに生きる様子が活写される。

ただ、クリスチナにはひとつ悩みがあった。

ウィリアムが最後まで馬への恐怖を克服できなかったように、クリスチナは空を飛ぶことが怖いのだ。何度飛行機に乗っても慣れず、恐怖がいつまでも消えないことを、ウィリアムには正直に打ち明けられずにいる。

それなのにウィリアムは、彼のもつ才能が認められれば認められるほど、危険な曲芸飛行に挑戦する立場になっていく。しかも彼は、飛ぶことに関してはまったくの恐れ知らずなのだ。

楽しいピクニックの最中に、機体の宙返りが可能かどうか、圧力の計算を始める飛行機馬鹿ウィリアム。クリスチナの苦々しい気持ちは察してあまりある。

だが、舞踏会で愛の告白に付け足して、「きみを不幸にしたくないが、飛行機がもとで、不幸にしてしまうだろう」と語った彼を、クリスチナが承知で選んだからには、文句を言うことができないのだ。

たえず恐怖をおし殺し、ウィリアムの身を案じ続けるクリスチナだが、この苦悩には終わりがこないことをさとる。なぜなら、時代は第一次世界大戦に突入しようとしていた。設立された空軍に、ウィリアムは愛機とともに従軍することになる――結婚式からいくらも日がたたないうちに。

わたしが特に気に入っているのは、この第二巻だ。草創期の飛行機や、飛ぶことに魅せられた若者たちの熱気が、その場に居合わせたように活き活きと描かれる。同時に、クリスチナのかかえる恐怖も十分理解できる。いまだに設計は試行錯誤で、翼は布張り、機体は木製という飛行機だ。吹きさらしの操縦席で空に浮かぶ彼らは、どんなにもろく危うげに見えたことか。

フランバーズ屋敷で一片の価値も認めてもらえなかったウィリアムだからこそ、寝食を忘れて飛行機に打ちこむ姿は、さもありなんと思える。彼は一度として、実家や家族をかえりみなかった。

だが、クリスチナはまた少し違った人間なのだ。そこに作品の深みがある。

乗馬を愛したクリスチナには、彼のように気軽に地上を――旧世界を飛び立つことができないのだ。

飛行機になじめない思いを、必死で秘め隠すクリスチナの態度は、ひょっとすると、彼らは結婚しても長くないのではと思わせるものをもっている。

それは、ウィリアムの側にも言えることだった。彼のクリスチナへのプロポーズは、兄への意趣返しが含まれていたと言えなくはないのだ。

そういうものを内包しているからこそ、恋にすべてを優先したクリスチナが、けなげに奮闘する姿がいじらしい。

飛行機に賭けた生き方といい、この巻は、若いから可能なことの純粋さに満ちているようだ。ウィリアムという人物は、イカロスに似た永遠の若者なのかもしれず、実際にそうなってしまった。

第三巻『めぐりくる夏』で、クリスチナは一人でフランバーズ屋敷へもどっていく。戦死した夫の忘れがたみを宿して……

『愛の旅だち』『雲のはて』は、パトリシア・A・マキリップの『妖女サイベルの呼び声』と同じくらい、自分も書けたらいいのにと思わせる作品だった。

その一番の理由は、時代そのものが隠れた主人公と思わせる描き方に魅せられるからだ。片田舎で育ったささやかな個人の成長が、古いものが壊れていく時代に重ねられ、どんな歴史の解説よりも鮮烈に、匂いと手ざわりをもって感じられる。

マーガレット・ミッチェルの『風と共に去りぬ』も、同じようなつくりをしている。スカーレット・オハラは、その強烈な個性とは別の次元で、南北戦争中の新興都市アトランタを映し出す鏡だった。わたしはこの作品も大好きだったのだ。

ファンタジーの登場人物たちもまた、主役も脇役もそれぞれに、背後の世界を体現して行動する存在だ。いやがおうでもそうなるのであって、世界との関係性が何もなければ、ファンタジーは作品として意味をなさないだろう。そして、人物とストーリーと世界が分かちがたく一体になって初めて、味わう価値のある作品になるのだ。

なぜ、そこに価値が出てくるのかというと、わたしたちがファンタジーのようなフィクションを求める動機は、ひとからげに言ってしまえば、世界と自分に関係性があるという感覚を味わうためだと思うのだ。

それが一時的であっても、空想と言いきかせた上であっても。

神話を創造した太古の時代から変わらず、わたしたちは、世界と自分の関係性をいつになっても欲(ほっ)しているのではないだろうか。エンターテインメントの現場で手を替え品を替え、本質は同じ物語が求められる理由は、そうとでも捉(とら)えるしかない。

ときどき、「しあわせ」とは何を指す言葉だろうと考えるが、最近では、自分の外界にあって努力や工夫だけで動かせないもの（……他人の心でも、生物でも、神様でも、物品でも、天候やツキのようなものでも）が、自分に応(こた)えてくれたと感じることではないかと思うようになった。

そして、わたしたちがこれを求め続けるかぎり、昔も今もファンタジーは必要とされ続けるのだと思う。

ナルニアをめぐる物語

記憶にないのになつかしい

わたしが最初にC・S・ルイス著「ナルニア国物語」（岩波書店）と出会ったのは、小学校の図書室だった。最初に読んだのは、運命的に『カスピアン王子のつのぶえ』だった。全七巻の「ナルニア国物語」は、一巻ずつまとまった物語として読める（と、各巻冒頭にことわり書きがついている）。けれども『カスピアン王子のつのぶえ』は、全巻中もっとも「続編」感の強い作品だ。これを導入として最初に読むことは、当時も今も、どう考えてもおすすめできない。

それなのに、わたしは二度も最初に『カスピアン王子のつのぶえ』を読むはめになったのだった。

図書室の本にはシリーズになっているものがあり、優れた作品なら巻数が多いほうが楽しめると、強く意識したのは四年生のころだ。「ナルニア国物語」として本棚に並べられた本に目をつけたのは、シリーズものだからという理由が大きかった。
一冊ためしに読んでみようと思い、借りて帰ったのがなぜか『カスピアン王子のつのぶえ』なのだ。漠然と、題名にひかれたような気がする。記憶にないのに、どこかなじんでいるようなというか。そして、本の内容もまた、主人公たちが「おぼえがないのになつかしい気持ち」を味わう物語なのだった。

この作品は、『ライオンと魔女』をまず読んでいないと同調がちょっとむずかしい。ナルニアという、ものいうけものや神話の生き物が住む国へ行ったことがあり、すでに数々の冒険を体験した、ピーター、スーザン、エドマンド、ルーシィの四人きょうだいが主人公だ。子どもたちは『ライオンと魔女』の大団円でナルニア国の王、女王となり、長きにわたって統治を行う。けれどもこちら側の世界に舞いもどってみると、ほとんど時間が過ぎていなかった……という前提が必要なのだ。

『カスピアン王子のつのぶえ』は、同じ四人が一年後に、寄宿学校へもどるため駅にいたところ、突然ひっぱられてナルニアへ来てしまうところから始まるのである。

来たとはいえ、うっそうとした森が海岸の際(きわ)まで茂った無人の小島で、ナルニアのどこなのか見当がつかない。装備も食料もない子どもたちは困ってしまうが、小川をさかのぼると、実をたわわにつけたリンゴの木と城の遺跡を見つける。リンゴを食べ、遺跡で野宿をした四人は、くずれおちた城の間取りが、かつて王や女王としてすごしたケア・パラベル城とそっくりだということに気づく。さらには埋もれた宝物庫を発見するにおよび、この場所はたしかにかつての城——何百年もの時がすぎたケア・パラベルだと知ることになるのだった。

ナルニアに来た子どもたちが、半信半疑ながら記憶にあるものを見出していく様子を読みながら、わたしはすごく変な気持ちになった。自分も記憶している気がするのだ。とくに、彼らがリンゴを食べるあたりで変だった。

子どもたちは最初こそリンゴに喜んだものの、夕食もリンゴ、朝食もリンゴとなるとげっそりしてくる。それを読みながら、「リンゴに熊の肉を巻いて食べる方法がある」と、しきりに思い浮かべるわたしがいるのだ。そんなおかしな料理を知るはずもないのに。

やがて、四人は小人のトランプキンと出会う。小人の長いいきさつ話が終わって、再び行動する場面まで読み進んだところ、とうとう予感が現実になった。襲ってきた黒熊をトランプキンが弓でしとめ、その肉をリンゴに巻いて、焚き火であぶったのである。認めるしかなかった。この物語を以前に読んだことがあったのだ。

読んだ本をすっかり忘れることは、(今ならあるが、当時は)めったにないことだった。

あれこれ考えて、ようやく、二年生ごろをおぼろげに思い出した。そのころ『カスピアン王子のつのぶえ』は、タイトルの五十音順に並べる本棚に単独でおいてあったのだ。わたしは題名に魅力を感じたものの、二年生の読解力ではついていけず、最後まで読まずに本棚に戻したのだった。

それでも「熊肉をリンゴに巻いて焚き火であぶる」ことだけは、強烈に焼き付いていたらしい。しかもその肉は、けものを食っている熊ではなく、ハチミツやくだものを食べている熊でないとおいしくないのだ。そのことも覚えていた。

子ども時代でなければできない本の読み方は、たしかにある。

まだまだ児童書にもファンタジーは少なく、人々の理解度も低く、なじめない人は最後までなじめなかった時代に、わたしがいちはやくナルニア国に夢中になった原因は、『カスピアン王子のつのぶえ』のおかしな二度読みのせい——おぼえがないのに知っている不思議な気分を、主人公とぴったり共有するかたちで別世界へ導かれたこと——に、あったと思えてならない。

「ナルニア国物語」とのつきあいは、この時点から数えても三十年以上だ。そのあいだには、一度ならずきらいだと思った時期があり、一度ならず再評価した時期があった。

十五歳のころ、初めてファンタジーの存在を意識したが、大学生のころには、この作品のキリスト教寓話（ぐうわ）に見える点がきらいになっていた。三十歳近くなって読み直し、その他の部分にやはり見るべきものがあると思った。それでも、何度かの再読の後に、すでにこれは古典としての価値であって、現行の作品と同列には読めないと思ったはずだった。

それなのに、今回エッセイを書くために『カスピアン王子のつのぶえ』を読み返したら、やけにおもしろいのである。

全七冊の中では比較的見どころがないと思い（最後に再評価した時点で、一番好きな作品は『銀のいす』、二番目は『馬と少年』と決めていた）、ずいぶん読み返さなかったせいもあるだろう。今は、びっくりするほど四年生のときの感覚を思い起こしながら読むことができた。三十数年を経て、初心にもどってきたのだ。

一方では、今回初めて、夢想家の少年ルイスをかたわらに感じながら読めたように思う。

学校生徒の子どもたちが、数百年昔に生きた伝説の英雄として、国難のナルニアに呼び返される（いきなりナルニアへ戻ったのは、カスピアンが魔法のつのぶえを吹いたせいだった）、冒険物語のわくわく感。森の奥にはものいうけものがひっそり生き残り、木の精も泉の精も、今は眠っているがいつか目覚めるときがくると信じる、静かな美しい空想。

末っ子ルーシィが、一人月明かりの森で木々のざわめきを聞き、もう少しで人の姿を取りそうな木々に思わず呼びかけるシーンがある。けれども木の精は現れない。

「もう少しで思い出せそうなのに思い出せない」感覚に似ていると語る場面のきめ細かさに、ルイス自身のおぼえがあると思えてならない。

少々違和感のある、バッカスやバッカスおとめの登場さえ、ギリシャ古典の教育を受けて勉学した少年の、純真な憧れ(あこが)の風景だったのだという気がする。そこに一言も書かれていない、現実世界でかなり孤独だった少年の姿が見えてくるのは、わたしがこの年になったからなのだろう。児童書はその気になれば、生涯通じて楽しめるのだ。

偉大なライオン、アスランの言葉が妙に胸に残った。

「アスラン、あなたは、またひときわ大きくなりましたわ。」とルーシィ。
「それは、あんたが大きくなったせいだよ、ルーシィ。」
「あなたが大きくなったからでは、ありませんの?」
「わたしは、大きくならないよ。けれども、あんたが年ごとに大きくなるにつれて、わたしをそれだけ大きく思うのだよ。」

(『カスピアン王子のつのぶえ』瀬田貞二訳)

ウサギたちの小宇宙

わたしは、基本的に動物物語が好きなのだと思う。
C・S・ルイス「ナルニア国物語」（岩波書店）にしても、ものいうけものの国だという点でポイントが高かったような気がする。この本にたどりつく以前に、そうとうたくさんの動物物語を読んでいた。

家にあった全集の中で、動物が主人公の作品をひとまとめにしたカテゴリーを頭に刻んでいたから、それだけ意識していたに違いない。この年になっても出てくる。『黒馬物語』『（シートン）動物記』『荒野の呼び声』『白いきば』『偉大なる王（ワン）』『（ファーブル）昆虫記』『みつばちマーヤの冒険』『バンビ』『ジャングル・ブック（モーグリの話以外の）』、主人公は動物ではないが、ほとんど動物寄りの、『ニルスのふしぎな旅』『ドリトル先生航海記』『チョンドリーノ』。

動物が出てきてしゃべれば何でもオーケーとは思っていなかった。擬人化しただけの動物が安易に出てくる作品は、かえって軽べつした。思えば『くまのパディントン』と『小さい勇士のものがたり』が、わたしの許せる擬人化ぎりぎりの作品だったかもしれない。動物は動物の生態にもとづいて、きっちりと描いてあるものが好きだったのだ。

「ナルニア国物語」の上手なところは、動物物語としての力点を少しもおいていないにもかかわらず、「ものいうけもの」をいかにもそれらしく描いているところだろう。この世界には、しゃべらないふつうのけもののもいると設定されている。そのなかで「ものいうけもの」たちは、一般にふつうのけものより体が大きく、知的な目を見れば話せることがすぐにわかるという。

カスピアンが、生まれて初めてものいうけものと遭遇したとき、介抱してくれたアナグマを見てそう感じたのだった。そして、何百年も前に一度現れたきり、だれ一人見たことのないアスランを、ナルニア国の住人ですらおとぎ話だったと言い出す中で、このアナグマは言う。自分はけものだから（とりわけアナグマだから）、変節をしない、アスランを忘れず、心を変えずに信じている、と。

彼らがわたしたちと同等に会話しようとも、けものだから人とは異なる心性をもつということに、わたしはひどく納得させられたのだった。

けものがけものらしいことは、ナルニア国のストーリー上さして重要ではない。けれどもそこを描かずにいられない作者に、典型的な感覚タイプを感じてしまう。思考タイプの作者なら、こだわらずに先に進めるところだ。けれどもルイスは、しゃべる動物を目の前にした驚嘆や、いっしょにお茶を飲んだり、イギリス風のごはんを食べるわくわく感を、細かい部分まで味わいたくてならなかったとしか思えない。

もう二十年あまりも、わたしの中で不動の地位を占めている動物ファンタジーがある。リチャード・アダムズ『ウォーターシップ・ダウンのウサギたち』（神宮輝夫訳評論社）だ。

わたしはこの作品を、大学一年のころ読んだ。市立図書館でためしに上巻だけ借りて、その夜読みきり、翌朝下巻を借りに走ったおぼえがある。そのくらい夢中にさせられた本だった。

『ウォーターシップ・ダウンのウサギたち』は、宅地化の波の寄せるロンドン近郊の野原に住むアナウサギ、ヘイズルが、予言力をもつ弟と数匹の仲間とともに、生まれた巣穴を離れ、新天地に自分たちの住みかを築くまでの冒険談だ。

作品を読む角度によっては、ヘイズルたちの出くわす数々のエピソードを、ナチュラリストがウサギに託して展開した寓話と解釈することができるかもしれない。しかしそれは、作品をつまらなくする読み方だと思う。批評には手軽な方法だが。

この作品のすごいところは、あまり知られていないアナウサギの生態を、研究書を読みこんだ上で、丹念に活かしてストーリーを練っているところにある。

ウサギの性質を自分も感じ、ウサギの目線で世界を見て、ウサギとして生を語ることに徹底的な努力が払われている点では、ファンタジーと呼ばないほうがいいような創作なのだ。そして、それがあるからこそ、バークシャー州のダウン（丘陵）を活写する風景が細密画のように美しい。

生育地では雌を手に入れられない若い雄ウサギが、巣穴を離れて移住することは実際にあることらしい。そのほんの数キロの移動が、天敵だらけのウサギにとってどれほど勇敢なことかということが、真に迫って描かれている。

しかし、この作品がやっぱりファンタジーであるのは、ウサギ独特の単語や、ウサギ独特の言い回しや、ウサギ哲学やその背景となる神話まで形作って、一つの小宇宙を築いているからだろう。

主要なウサギがみな若い雄で、自分たちの生存を闘いとる話であり、手強い敵として軍事組織をもつウサギ、ウーンドウォート将軍なども出てくるので、ウサギの話にもかかわらず戦記ものの味わいだ。ファンタジーなら壮大に創ればいいものではなく、小さなウサギの限られた地域内のものごとを扱っても、これほどダイナミックな冒険活劇ができあがるという例でもある。

なかでも、要所要所に挿入される、ウサギによるウサギのための祖先神話がたいへんよく効いている。ウサギ祖先が増える身内を抑えず、高慢だったため、神さまがキツネ、イタチ、テンにずるさやどう猛さや鋭い歯を贈り、みんながウサギを食べるようにしむけたこと。けれども神さまは一方で、ウサギ祖先に逃げ足の速い丈夫な後足を贈り、耳ざとく、悪がしこさをめぐらせて生きのびれば、一族は滅びないと約束したこと。

その祖先の名前がエル＝アライラー、ウサギ語で「千の敵をもつ王」だというあたりが泣かせる。エル＝アライラーのエピソードは、ほとんど全部が策略で敵をだしぬく話であり、力で勝てない相手を頭の回転でしのぐ生き方を語っている。

意気消沈することがあったり、奮起しなければならない大事な局面を迎えると、ヘイズルたちは語り部に祖先神話を求め、それによって自分たちのあり方を認識し、思いを新たにして難関に立ち向かっていく。

だからなのかもしれない。何かに煮つまって、他のことが手につかないような状態のとき、わたしは『ウォーターシップ・ダウンのウサギたち』を読み返すことが多い。キツネにイタチにテン、タカに犬猫に病原菌、さらには居住地ごと破滅させる人間といった、本当に天敵だらけの世界で、生きのびること子孫をのこすことだけを目標にしたウサギたちの、飾らない生の基本を味わうことで、空論を重ねてわけがわからなくなっている自分にも、活が入れられる気がするのかもしれない。

ジャングルの尊厳

　最近、『ジャングル・ブック』（ラドヤード・キップリング著）が気にかかっている。過去に何回かマイブームのときがあって、初めてではないのだけど。

　今回のきっかけは、ダイアナ・ウィン・ジョーンズの『ダークホルムの闇の君』（創元推理文庫刊）とその続編『グリフィンの年』を読んだことだった。『グリフィンの年』の解説文を依頼されたので、そこでも少しふれたけれど、グリフィンの描き方のうまさにしきりに感心しながら、『ジャングル・ブック』を思い出してしまったのだ。動物がただ人間の言葉を話すだけではなく、人間にはまねのできない尊厳をもって人間の言葉を話す、世界が確立している物語の先例として。

　世界の児童文学のなかでは古典中の古典だけど、現在あまり読まれていないのが『ジャングル・ブック』だと思う。イギリス作品としては『ふしぎの国のアリス』と同様に古く、同様に二つと似るものがない驚異の作品なのだけど。
小学生のわたしは『アリス』よりずうっと『ジャングル・ブック』が好きだった。今でもそうかもしれない。初めて読んだのは、どちらも「少年少女世界の名作文学」イギリス編だったが、『ジャングル・ブック』は当時も何度も読み返したはずだ。

考えてみると、この二作品には正反対のところがある。『ふしぎの国のアリス』は登場する人間も動物も、少女アリス以外はナンセンスに徹するのに、『ジャングル・ブック』では、人間社会以上におきての厳しい世界としてジャングルが描かれている。主人公はオオカミに育てられた少年モーグリで、彼はおきてを学ぶことによって、ジャングルの王者になっていく。

わたしが保守的な子どもだったのだろうか……それもちょっとはあるかもしれない。けれども、子どもは意外とルールが好きだ。常識をくつがえすと息ぬきができるのは、うんざりするほど常識を知った大人であって、子どもは、まだまだ世界がどういうものかわかっていないから、ある程度おきてがあったほうが安心できるのだ。

ふしぎの国のナンセンスが楽しめるようになったのは十代後半からで、小学生のころは、思いやりのない登場人物たちが怖かった。一人でこんなところへは行きたくないと思っていた。

おきてといっても、ジャングルのおきては基礎の基礎だ。まず、一にも二にもあいさつが重要。他者の狩り場へ踏み込んであいさつができない輩は、攻撃されてもしかたがない。それから、きちんとお礼が言えること、恩には恩を返すこと、取り決め以上に殺さないこと、体を清潔に保つこと等々で、堅苦しいとはいえない、正しく生きる基本のものごとばかりだ。ジャングルのけものはおきてを守って生きているのに、村の人間は愚かで守れない。そういう一段崇高な世界として描かれたジャングルに、わたしは魅せられていた。

そうしたおきてを端的に表現するのが、水飲み場の休戦宣言だ。ひどい干ばつの年、ある限度を超えて川が干上がると、ゾウのハティが鼻のラッパを吹き鳴らし、休戦宣言をする。するとそれ以後は、水飲み場で狩りをしてはならないというおきてが生まれる。トラやヒョウやオオカミが、草食動物と顔をつきあわせて水を飲む一場面は忘れがたい。黒ヒョウのバギーラに一年子の子ジカが言い返す、愉快なエピソードがある。

大切だと思うのは、これらのジャングルの動物たちが、鋭い行動観察に基づいて巧みに描かれていることだ。キップリングは大英帝国時代の植民地インドで生活した人だが、活気にあふれる若ジカたちが、ふだんは河原に出て水を飲んでくることに、ぞくぞくするスリルと興奮を味わっているなんて、どうして知っているんだろうと思ってしまう。語られてみれば、それ以外は考えられなくなるのに。

『ジャングル・ブック』のモーグリ編は、ジャングルの崇高さを描きだす一方で、少年モーグリの成長とパラダイス・ロストがテーマになってもいる。これは児童文学の範囲を超えたものごとで、小学生のわたしには理解できなかった。大学に入って再読して初めて、「そういうことか」とびっくりした覚えがある。

終章、「春の歌」の季節になると、オオカミ兄弟もバギーラも自分を放っておくのが不満だったモーグリが、自分自身の「春の歌」を知る年が来る。そのことはごく遠回しに語られ、彼のめざめはほのめかし程度にしか触れていない。わけもなくゆううつになったモーグリが森を駆け抜け、ふらりと人間の村へ出ていって、白い服の少女を一瞬だけ目にした、ただ、それだけなのだ。それだけで、モーグリはジャングルに居続けることができない自分をさとる。

以前、よちよち歩きの赤ん坊をジャングルに迎え入れた動物たちが、今は泣き続けるモーグリに別れを告げにくる。たいそう切ない終わり方だ。それが、切ないけれどもどこか甘美であることは、ある程度の年齢にならないと見えてこないものだった。

本当に優れた児童文学は、どこかにそういう部分をもっているように思う。子ども心に理解できなかったことでも、あとから自然にわかってくる。そのような二度読みができた本は、もう一生忘れられない友になるのだ。


あと、本当を言えば、どうして今日『ジャングル・ブック』があまり広く読まれないか、わたしにもわかっている。動物たちに比べて愚かに描かれる村人の描写に、大英帝国の白人ならではの蔑視がちらちらと透けてしまうからだ。詩人キップリングといえども、時代の子なのである。

その傾向は、大ファンのわたしにも弁護できない。けれども、この作者はどこまでも傲慢なのではなく、インドの自然には深い畏敬の念をこめることを知っている。それから、外界に驚嘆する能力を内面に集約し、既存の概念に寄りかからずにまるごとの世界を紡ぎ出す力がある。

よいファンタジーに不可欠なのは、この力なのだとわたしは思う。

重さと長さ

「ナルニア国物語」の作者C・S・ルイスは、いろいろ熱を上げるタイプだったようだ。彼は、ジョージ・マクドナルドのファンタジーをたいそう愛していたが、友人だったJ・R・R・トールキンは、そこまでマクドナルドを買っていなかった。

同じくルイスは、チャールズ・ウィリアムズの作品にも熱狂し、ウィリアムズが疎開でロンドンからオックスフォードへ逃れてくると、自分たちの内輪の創作合評会「インクリングズ」にいそいそと招き入れた。

だが、トールキンはこれを快く思わず、ルイスとの友情が冷めていく素因になったらしい。

惚（ほ）れっぽく（女性には惚れず、独身主義を称したが）せっかちなルイスが、トールキンの創作を熱心にはげまし、そばで発表をうながし続けたおかげで、言語学趣味に埋没しそうなトールキンが、『ホビットの冒険』や『指輪物語』を今ある形に創りあげることができたと言えそうだ。

けれども、ルイスが、ウィリアムズの影響をもろに被ったSF『かの忌わしき砦』を発表したり、トールキンがアイデアを流用されたと感じる「ナルニア国物語」を、トールキンより先に発表したりしたせいで、彼らの友情は終わらざるを得なかった。独身主義のルイスが晩年になってから、離婚歴のある、ガンに冒されて余命のない婦人と結婚したことも、トールキンを引かせたようだ。

驚異的売れ行きをみせる「ハリー・ポッター」シリーズを旗頭とする、現在の英米ファンタジー作品群の隆盛は、さかのぼれば、ルイスとトールキンの功績に行きつくはずだ。

第二次世界大戦後の世界に、ファンタジーを少数の趣味人の書物でなく、一般の多くの人に愛される作品として提示できたのは、まずをもってこの二人なのだ。

その後に書かれたファンタジーは、多かれ少なかれ彼らの作品の影響をこうむっている。

そういうものを生み出した作家二人が、互いに大きく影響し合う友人同士だったということは、たいそう興味をそそられるものごとだ。わたしは、もしも研究者になる才能があったならば、このあたりを研究したいと思ったくらいに、彼らの「インクリングズ」には興味があった。

ルイスとトールキンの友情が、結局は壊れてしまったことにも興味があった。

それは楽しいことではないけれど、なにかひどく、人生の現実味をもつものごとに思えるのだ。性格のまったく違う、二人の教養ある書き手が、おそらくは互いの影響の大きさゆえに、晩年には友人ではいられなかったこと。

じつは、つい最近になって、児童文学研究者で翻訳者の猪熊葉子（いのくま）氏の、白百合（しらゆり）女子大学最終講義録を収めた本を読んだのだった。その中に、猪熊氏が若き日にオックスフォードへ留学したおり、トールキン教授に指導をあおいだエピソードがあった。

彼は、児童文学を勉強したいという東洋からの留学生に、まず慣れるようにと言って、読んでおくべき主要なイギリスの児童書を、何冊か貸してくれたそうだ。
けれども、トールキン教授が貸してくれた本の中に、すでに有名だったはずの「ナルニア国物語」は入っていなかった。

C・S・ルイスは六十四歳でこの世を去ったが、その死の前の十年くらいは、トールキンと疎遠だったことを、トールキンの伝記などであらかじめ読んではいた。それにしても、彼らの断絶の深さをものがたるようで、ふーんと感心してしまった。

二人のどちらの行いが悪かったのか、どちらのほうが性格が悪かったのかは、判定してもしかたのないものごとだ。ルイスの作品もトールキンの作品もそれぞれに偉大だし、それぞれに異なる欠点をもっている。

『指輪物語』は、他に類を見ない到達度をそなえた作品で、彼のうちたてた巨大な道標に比べれば、どんなファンタジー作品も安易に書かれていて底が浅く見えてしまう。
けれども、トールキンが学者気質ならではの作家で、衒学(げんがく)趣味に走り、へたをすると他人に理解できない境地へ向かいそうなのに対し、ルイスのほうが、早くにファンタジーの可能性に目覚めていたと思う。

たぶん、トールキンが牛歩の歩みで発見していくものを、ルイスは、いっしょにいるだけで俊敏に要領よくつかんだのだろう。そして、トールキンを待ちきれなくなったのだろう……せっかちだから。（なにしろ『指輪物語』執筆に十五年かかっているのだ。）

「ナルニア国物語」を剽窃と感じるのは、きっとトールキンだけだ。ナルニアには、C・S・ルイスが自分自身の子ども時代から汲み上げたものがふんだんにある。それに、トールキン以外の影響もあるだろう。児童文学がどういうものかを知っていたのも、トールキンよりルイスのほうだろう。

J・R・R・トールキンは、自作と古典以外は、あまり意に介さない作家だった。そのためか、彼の作品は、傑作と認めた読者にも読みにくい部分をたしかにもっている。

気むずかしく排他的なトールキンと対照的に、ルイスは他人の作品に熱を入れ、おそらくは自作も軽やかに楽しむ作家だった。友がイギリスに独自の神話をもたらそうと真摯に構えている間に、上手に楽しく、細かいことは言わずに好きなものを集めて、自分の別世界を創造したのだ。

その結果、「ナルニア国物語」のもつ世界像にキリスト教の表象(ひょうしょう)が入り混じったことは、たぶんこの作品を成功させている。神学の説教をするつもりではなかったからこそ、活き活き(いきいき)とした情景をもつ、印象深い物語に仕上がったのだ。


思い出すのは、ルイスが好きだったジョージ・マクドナルドの作品だ。牧師だったマクドナルドの作品のほとんどは、どこか神学めいたおとぎ話で、おもしろいかどうかわたしにもわからなかったが、「かるい姫」なら大好きだった。

（わたしは吉田新一訳で読んだが、べつの出版社では「ふんわり王女」という訳出もあったと思う。）

『不思議の国のアリス』のルイス・キャロルと親交のあった人物にふさわしい、もじりや言葉遊びの多い、軽妙でユーモラスな作品だ。

物語は、子どもに恵まれなかった王と王妃が、念願の女の子を授かるが、意地悪な魔女の機嫌をそこねて、生まれた子どもは呪(のろ)いをこうむってしまうという、昔話の定石で始まる。そして、この王女の場合、呪いとは「軽くなる」ことだった。

ここに、重量としての軽さと人格の軽さの両方がかけてある。お姫様には体重がなく、つなぎとめないと浮いていってしまうばかりか、どれほど悲しい話を聞いてもげらげら笑うばかりだったのだ。妙齢に達しても、姫の笑い声には gravity（＝重力と真面目（まじめ）さの両方の意味がある）が欠けていた。

やがて、お約束どおり、王女に出会って恋におちる王子が登場する。二人が出会ったとき、王女は城のそばの湖で泳ぎ回っていた。この王女は、水中にいるときだけ重さを取りもどし、ふだんほど軽薄にならなかったのだ。

しかし、ここでも意地悪な魔女が嫌がらせをし、王女の大事な湖を干上がらせてしまう。

湖をよみがえらせるためには、だれか一人が底穴を手足でふさがなければならない。湖なしでは生きていられない王女のために、恋する王子は自分が犠牲になる決心をする。

「軽い」王女は、水がもどってくるかわりに沈む王子を、心を痛めることなく舟からながめている。けれども、彼の最後の息が泡になったとき、奇跡がおきた――

昔話のパターンにのっとっているようで、微妙にのっとっていない、そのクライマックスが感動的でもある。王子も王女も、魔法を解くべき行為を何も行っていない。それなのに、王女は突如として、水に飛び込んで王子を助けるのだ。そして、彼が息を吹きかえしたと知るや「泣き伏し」たのだった。重さを取りもどしたのだ。同時に天から雨が降りそそぎ、湖をうるおして豊かに水をたたえるのだった。

めでたく呪いが解けた王女の、意地悪な魔女への報復は、そいつの痛風の足指を、自分の足で思いっきり踏みつけることだった——というのが、かわいらしくておかしい。

昔話の語りなおしだが、ユーモアとウイットでできていて、無償の愛などの理念を説くよりは、軽やかにただ楽しむ作品になっている。

ルイスのナルニア国も、トールキンのホビット庄も、最初はこういうところから出発したにちがいないのだ。ナルニア国には、そういう遊びごとの楽しさ、パロディめいた取り集めが、まだあれこれと散在している。

けれども、トールキンはさらに自作の「重さ」を増やしていったのだ。

全七巻ある「ナルニア国物語」は、児童書としてそうとうな大部だが、『指輪物語』ともなると、もはや現代小説ではなく歴史書の厚さだ。物語は重さとともに長大になっていくものなのだろう。

「ハリー・ポッター」シリーズが巻を追ってどんどん長編になるのも、これまたどんどん「重さ」を取りこんでいるせいだと思えてならない。いいことなのか悪いことなのかは別問題にして。

ナルニア螺旋

C・S・ルイス「ナルニア国物語」（全七巻）は、わたしにとって特別な位置を占める本だ。これほど折にふれて再読してきた作品は他にないし、これほど読んだ印象が自分の成長とともに変化した作品もない。

そして、出会ってから三十年以上たった今、映画「ライオンと魔女」の封切り（二〇〇六年三月）を機にふり返ってみると、わたしはまるで円軌道を描くようにして、「ナルニア国物語」を再読しては次のステップへ向かったことが見えてくるのである。

小学二年生で初めて一冊を手にとり、小学四年生で七冊全部を読んだ。しかし、再読した小学六年生になって、しみじみ特別な物語だと考えたのをおぼえている。

この作品に似たものを、他には読んだことがなかった。こういう作品をファンタジーと呼ぶことも知らなかった。そして、小学校の図書室にあったのに、この作品を楽しんだ友人は自分の周りに一人もいなかった。

なんて奇妙な本だろうと考えた理由は、他人に説明するためにうまく要約できないからだ。かいつまんで語ればたちまち魅力を失い、自分が感動した部分も消えてしまう。

つまり、どんなにこの作品が好きでも、「ナルニア国物語」を使って出来のいい読書感想文は書けないと、そう気づいたのだった。感想文を書くには適当な、わかりやすい焦点を結ばない本になっている。なぜだろう、この本はいったいどういうものだろう、どうしてわたしはそういう本が好きなのだろう、と不思議に思った。

そのころすでに、ギリシャ神話やヨーロッパの民話を読んでいたので、この物語が、既存の神話や民話に出てくる生き物や妖精(ようせい)を登場させることには気づいていた。そこに別世界の魅力があるのだが、これも周りの友人には説明しにくい点だ。

聖書のエピソードも知っていたので、『ライオンと魔女』に出てくる石舞台のエピソードが、どこかキリストの受難と復活に通じていることもわかっていた(……それは、ちょっと苦手に感じたところで、それゆえ『ライオンと魔女』はあまり好みの一冊ではなかった)。

子どもたちが別世界で冒険をして、気晴らしして帰ってくることにとどまらない、奥行きのある何かを語っているようなのだが、どうしてそう感じさせるのか知りたいと思った。


このときの感覚が、今に至るまでわたしを導いている。

のちにファンタジーというジャンルを知ったが、J・R・R・トールキンの『指輪物語』を読んだのは大学生になってからで、わたしにとって、ファンタジーとはまず「ナルニア国物語」のことだったのだ。

思えば、わたしが神話、民話、伝説への興味を持ち続けたのも、「ナルニア国物語」を知っていたことが大きかったのかもしれない。小学生のうちに世界の神話や民話をひととおり読んだとはいえ、個人の創作がそれらを活用する例を知らなかったら、関心はもっと薄かったかもしれない。


わたしが再度、「ナルニア国物語」とはファンタジーとは、いったい何ものだろうと考えたのは、次に中学三年生のとき、高校受験の準備のさなかだった。

中学時代のわたしは、とにかく背のびがしたかった時期で、児童書のような子どものものは手に取らなかった。本そのものをあまり読まない時期だった――児童のあいだ、あまりに読書好きだったことの反動が出たらしい。だが、その揺り返しもまたやってきた。

難関と言われる高校への進学を望むことは、孤独と向かい合うことだった。友人と距離ができた淋しさの中で、むかし好きだった本を自分の慰めに読み返してみた。

改めて読んでみると、「ナルニア国物語」は、とても子ども用と片づけられる本ではなかった。今の自分のほうが、小学生の自分よりずっと多くのものを受け取れると感じた。

第二巻『カスピアン王子のつのぶえ』で、アスランがルーシィに、わたしを大きく感じるのはルーシィが成長したからだ――成長すればするほど、わたしを大きく感じるのだ、と答えるが、まさにそんな感じのする「ナルニア国物語」だったのだ。

十五歳になったわたしは、以前とはちがって、大人への不信感でいっぱいだった。親にも教師にも反発を感じ、ていさいにかかずらって中身をもたない、押しつけがましく理解力のない、自分に敵対する存在だという気がしてならなかった。

　けれども「ナルニア国物語」を読むと、作者が自分と同じ感覚をもっていることが信じられるのだ。五十歳という高齢の人物が書いた作品なのに、子ども時代の感じ方を今も忘れずにいる。

　それはどういうことなのかと考えて、別世界という、一種の避難所をもって生きることが強みなのではと、自分なりに思い至った。そのためにこそナルニアのような国が創られ、それがファンタジーの存在理由だったのかと、初めてわかったような気がした。


　苦い現実に打ち負かされて、子どもの気持ちも忘れた、わたしの周囲にいる酸っぱい大人の仲間になってしまわないように、わたしも心の中に別世界をもっていたいと、そう考えた。

　このときはまだ、自分も創作をしようとは思いつかなかった。けれども、遠いイギリスの子どもたちではなく、自分の分身がナルニアへ行くところを想像してみた。だから、創作の第一歩はここにあったのだと思う。「ナルニア国物語」を、作者を意識する創作作品としてとらえたのも、この年齢になったからこそだった。

高校へ入学したわたしは、もう、児童書を読むのは子どもっぽいとは考えなくなっていた。むしろ、今の年齢のわたしを感心させる児童文学が他にもあるか、広く目を通さなくてはと思っていた。

そういうわたしにとって、高校二年生のころに出会った海外作品は、のちのちにまで影響を受ける大きな収穫になった。わたしが本を読まずにいた間に、児童書出版界に翻訳の新しい波が来ていたのだ。

まだ、日本にヤングアダルトという言葉が浸透しない時代だったが、ローズマリ・サトクリフやK・M・ペイトン、ジョン・ロウ・タウンゼンドといった、グレードの高い作品を書く作家の著作が、つぎつぎに刊行されはじめていた。さらに、同じ波の中で、新しいファンタジー作品が紹介されはじめた。

アラン・ガーナー、ロイド・アリグザンダー、少し遅れてスーザン・クーパーの著作をこのころに読んでいる。この三者のファンタジーが、どれもケルト神話を下敷きにしていることは強く印象に残った。

人類がいにしえから語り継いだ物語――神話伝説のもつ力を、取り入れながら個人の創作をこころみるのがファンタジーであるらしいと、「ナルニア国物語」をふり返りながら考えてみた。

そのことに魅力を感じると同時に、それはいったい何をすることなのか、ファンタジーを書く行為とリアリズムの小説を書く行為とは、どこがどれくらい異なるのか知りたいと考えた。

つまり、大学受験の準備をするころには、ファンタジーの研究をしてみたい、児童文学を専攻したいという進路希望を固めるようになっていたのだ。生まれて初めて作品ではなく研究書を手に取ったりしながら、受験勉強にいそしんだわたしだった。

大学生になり、研究書をひととおり読む時間もできて、児童文学史の中で評価される作品――『指輪物語』をはじめとして――にも目を通した。そうするうちに、わたしは「ナルニア国物語」のもつ欠点にも気づくようになっていた。

以前、あれほど喜びをもって読んだ作品が今は楽しめないことに、自分でもショックを覚えた。けれども、児童文学研究サークルで出会った学生たちは、たいてい同じようなことを言っていたから、これも一つのステップなのだろう。

「子どもを対象にした作品を、正しく鑑賞し評価するには、今の自分と子どもの感性のギャップをどうやって埋めればいいのだろう……」というのが、研究する学生の真摯な悩みだったが、今になって思えば、ずいぶん青くさいものの言い方である。ようするに、自分の感性は大人だと言いたいわけだから。

「ナルニア国物語」には、一九五〇年代に書かれたという時代の制約が確かにある。中東を蔑視するヨーロッパ人の視線はあちこちに見られるし、男女のジェンダーに疑問をもっていないし、別世界を訪れる子どもたちは類型的で平板だ。そして、ルイスが神学の著作で有名だったことを知ってしまうと、物語に見え隠れするキリスト教思想がどうしても鼻についてくるのだった。子どもだけを良きものとする年齢差別もある。

だから、わたしはもう、自分が「ナルニア国物語」を卒業してしまったと考え、古典としての価値は認めるけれども、同時代に肩を並べる作品ではないと結論したのだった。

そして、かなりしばらく読まなかった。

本人は大真面目(おおまじめ)に、小学生のころから読み続けた「ナルニア国物語」を、ついにわたしの成長が追い越したと考えていたのだ。

けれども、それはまったくの思いちがいだった。小学生の読み方、中学生の読み方、高校生の読み方があったように、これはたんに大学生の読み方だった。知識をつめこんで頭でっかちになって、理屈っぽいあまりに肝心のものを受け取れなくなっていたのだ。

わたしが、初めて他人の目にふれる創作作品を書いたのは、大学サークル内でのことだった。三、四作しか手がけなかったが、その最初の作品は、古事記のスサノオノミコトを扱ったファンタジーだった。

自分には無理だろうと思いながらも、ファンタジーを書きたいという気持ちは着実に芽生えていたのだ。日本神話を素材にしたファンタジーがあったらいいのにと考えたのは、ケルト神話を下敷きにしたファンタジーを読んだころからだった。

現代作家たちが、ルイスの用いたギリシャ神話やキリスト教アレゴリーを使用せず、さらに深層にあるケルトを求めて引き寄せているのを見て、神話はそのくらい本来の土地に根づくものなのだと感じたのだ。

それならば、日本にも日本神話があるじゃないかと思った。ヨーロッパ人にとって、ギリシャ・ローマの教養や、中東から伝播（でんぱ）したキリスト教の下に埋もれてしまったケルトの地層とは、極東の島国に住むわたしたちにとっては、仏教伝来によって習合されてきた、日本古来の神々にあたるだろう、と。

思いつきは早くからあったのだが、なかなか形は見えてこなかったし、書き出すきっかけもつかめなかった。そんなわたしを後ろからひと押ししてくれたのが、結果的に『空色勾玉』の編集者となった大学サークルの友人だった。

『空色勾玉』は、就職して五年がすぎた二十七歳のときに書き、二十九歳で刊行された。この年齢になってようやく、自分の書きたいことと書けることとの折り合いがついたのだと言える。

一応は作家と認められたそのあとで、児童文学名作一〇〇選といった冊子に、「ナルニア国物語」の解説を書く依頼が回ってきた。

大学以来読んでいなかった「ナルニア国物語」を、ようやく再読してみたわたしは、自分の評価がすっかり変わっていることに、われながら驚いた。

もう楽しめないと結論したはずだったのに、やっぱりおもしろかったのだ。

大学時代に下した評価も、確かにまちがいではなかったが、それらを認めた上で問題にしなくていいくらいの美点が、今でははっきりと見えるのだった。驚きは、この作品に、現在のどの作家も達していない秀でた部分を見つけたことだ。

それは、ひょっとすると、自分も創作する人間になったせいで、初めて意識できた点なのかもしれなかった。

C・S・ルイスが、情景の細部をいかに巧妙に描くかにうならされた。そして、「ナルニア国物語」をファンタジーの基本としてきた自分が、ごく自然に、ファンタジーの書き方とはそうあるべきだと思っていることに、今にして気づかされたのだった。

児童書の中では厚めとはいえ、「ナルニア国物語」の文章はごく簡潔で、内容のわりに文字数が少ない。けれども、子細な部分でぜったいに手を抜かない書き方がしてある。

わかりやすく第一巻の『ライオンと魔女』から例を引けば、ルーシィがタムナスさんの家でごちそうになる、お茶の内容の詳しさだ。

それから、タムナスさんの家の様子――神話の生き物フォーンであっても、イギリスの地方人と同程度に気持ちよく暮らし、本棚には『人間は、神話か？』などの書物が並び、知的な存在だとよくわかるようになっている。

または、四人の子どもたちが初めてビーバーさんのダムを目にしたシーン。そのときビーバーさんは、「庭を作っている人のところへ庭を見にいったり、本を書いた人のまえでその物語を読んだりすると、そのご主人がよく浮かべる」、つつましげな表情をしているのだ。

簡潔さの中、要所要所で力を入れた細部の描写が、子どもなら詳しく知りたいと思う部分と重なっている。食べ物や、匂いや手触り、他人の表情。

ルイスのこうした文章は、技巧によって書かれたようには見えず、作者の天性だと思わせる。十五歳のわたしが、この作家は子どものころを忘れないと感じた理由はここにあるのだろう。

だから、やはり、「ナルニア国物語」は児童文学の傑作で、C・S・ルイスは二人といない作家なのだと思った。この気持ちは三十歳以降、読み返すたびに強くなるばかりだ。

大人になるとはどういうことか、ルイスは「子どもの本の書き方三つ」と題された講演録で、木が年輪を加えるようなものだと語っている。子ども時代を失うことで大人になるならば、汽車がひとつの駅から次の駅へ向かうのと同じで、それは成長ではなく変化だろう、と。

その具体例として、今の自分はライン産白ぶどう酒が好きだが、白ぶどう酒を子どものころに好きになれたとは思わない。けれども、今でもレモンスカッシュは好きなのであり、このように嗜好が増えることを、成長または発達と呼ぶのだと断言している。

たいへんルイスらしい言い方だと思う。

映画化によって刊行された岩波少年文庫のカラー版で、最近また改めて「ナルニア国物語」を読み終え、わたしもルイスが言及したような、木の年輪を加えた大人になれただろうか、枝葉を茂らせる大人になれただろうか——と、あまり自信はなく点検してみる今日このごろだ。

私的ファンタジーの書き方

困ったことに、「ファンタジー」と呼ばれるジャンルにおけるファンタジーの定義は、ＳＦよりも推理小説よりも確定していません。それゆえ、ここで語るのは、ごく個人的なファンタジーのとらえ方と創作の考え方であることを、最初におことわりしておきたいと思います。

私は、ファンタジーとは基本的に冒険談だと思っています。その冒険の本質を生かすために、必ずしも現実世界や現実の法則にとどまらない冒険物語、です。昔から人々はそのようにしてお話を語ってきたものでした。われわれの人生体験のもつある種の真実には、そのようにしてしか語れない部分が必ずあるものなのです。

それはつまり、現代のわれわれが地球全体を把握したと思っていても、外界にはまだまだ神秘が存在し、学生やサラリーマンの冴えない日々を送っていても、なお内界では一種の冒険物語を体験し得るということだと思います。人の心が何かに目覚め、それを獲得し、自己変革をおこしていく過程は、時代がどう変わろうとやっぱり、古い冒険物語になぞらえるのがふさわしい象徴体験になるのだろうと。

人の心の冒険を象徴化したお話は、古くから語り継がれた神話、伝説、昔話のたぐいがもっとも参考になります。けれども、現代人の私たちには、古代の人々が語り部に聞き入ったようには神話を味わえません。とはいえ、心の体験は昔も今もそれほど変化していないはずです。文明がここ数百年におこした社会の複雑化など、表面の傷にすぎないほどの深層にこそ、それらの心的真実は根付いているものです。

このあたりに、現代において創作ファンタジーを書くことの意義があるのでしょう。

C・S・ルイスが「ナルニア国物語」(岩波書店)を、J・R・R・トールキンが『指輪物語』(評論社)を書きおこして以来のファンタジーは、創造した別世界や現実には味わえない体験を、いかに臨場感をもって表現するかという方向に発達してきました。古代人ではない私たちが神話的体験を再現するには、たくさんの言葉を尽くす必要があるということです。そして、そのたくさんの言葉のなかに、伝承ならば洗い落としてある個人的な創作の余地をもっていると言えるでしょう。

だから、ファンタジーを創作しようという人は、最初からある程度ジャンルに適性をもっていないと困ります。神話、伝説、昔話といった伝承に親しんでいることは必須です。むしろ、それらになじんで過ごした人が、個人的な創作をしようと思い立ったときに、図らずも作品の中に出てきてしまったときにこそ、神話の知識が生かされるようです。どんなに奔放なファンタジーであっても、人類のもつ普遍的なお話がどういうものかを知らずに他人に語ることはできません。

そういうものになじみのない人、深い関心を持たない人が、キャラクターとして妖精もどきや竜もどきやペガサスもどきなどを登場させても、ファンタジーを書いたと思うのは本人ばかりであって、心ある読者は必然性のなさに気づきます。妖精が妖精であるための背景は、本来ならおそろしく奥深いものです。そして、客観的な現実にはおこらない事件や存在しない生き物を描くには、内的体験を他人に共感させる筆力が必要なのに、神話伝説のもつ共通基盤を知らない人は、この共感のつくり方に差が出てくるのです。

どんな作品を書くにも、まずは大量の読書体験が必要だと思いますが、以上をふまえた上で私個人の経験を言うなら、自分を震撼させるファンタジー作品に出会った後は(その体験がなければ、ファンタジーを書きたいなどとは思うはずがありませんから)、類似のファンタジーを無数に読むよりも、文芸以外の本のほうが創作の役に立ちました。心理学や精神分析学の本で神話伝説の生き残り方を学ぶのも一手ですし、脳神経医学や宇宙物理学、もしくは歴史書の新説、数学の解説書や哲学の解説書など、自分にかみ砕けるものなら何でもいいです。

これらは、そのものを一種のファンタジーと読むことで気楽な楽しみに変わりますし、他人の想定しないことを語る文章がファンタジーの書き方の参考になりますし、ときには独創的なアイデアの水源になります。なにより、そうした全世界への驚きを保ち続ける読書が、ひいては個人のファンタジーを育てていくと思うのです。

世界づくりが先か、人物づくりが先かと悩む人がいますが、場所でも人物でもいいから要は気になるものを集めていくことです。ファンタジーの世界と人物は渾然(こんぜん)一体となって機能するものであって、どちらかだけが先に完全な姿で出現したりしないはずです。

これは考えれば自明ですが、現実世界を舞台に設定するならば、人物を環境に合わせていくしかないけれど、ファンタジーの場合は世界のほうも主要人物の冒険を補完して変化させられるのだから、相互作用をもってだいたい同時にできてくるのが望ましいのです。

古い伝承とリンクするものだけに、創作ファンタジーには冒険談という物語の骨格がすでにあります。すなわち、主人公にはなんらかの形で旅を、遍歴をする宿命があります。どうして、何のために旅立つのか。運命なのか意志なのかを考えるのも一手です。もちろん一ヵ所にとどまっていても工夫のしかたがありますが、基本形としては主人公が旅立ち、変化を経験し、その変化を持ち帰ることが、冒険談の本質なのです。

そこに型があるぶん、場所や登場人物は奔放に創造することができるのがファンタジーです。と、いうより、この制約内にある物語を語りなおすことに意義を持つ語り手だからこそ、ファンタジーという形式を選択するのでしょう。それならば、主人公の居場所をダイナミックに動かしてみたくなるのが人情で、ゆえにファンタジーには地図付きのものが多く見られます。

つまり、ファンタジーにおける作品世界は、主要人物の個性や冒険をもっとも効果的に演出する場所として形作られるわけで、主人公の影もなくては出てこないと言えるでしょう。私の場合、書きたい主人公のほうが世界よりも多少先に出てくるようです。でも、その主人公も、世界の着想が何もなかったら浮かばないはずで……と、堂々巡りになってしまいますが。そのくらい世界と主要人物は密接です。

ところが、これが脇役（わきやく）の登場人物となると、生まれ方はまったく異なります。私など、設定はそうとうに行き当たりばったりになります。すでに書き進めながら、当面のシーンに必要な人物を引っぱり出してくる感覚です。それなのに――ここがまったくの神秘なのですが――作者の思いもよらない「化け方」をして最終的に物語を成功にもっていくのは、きまってこうした脇役から生まれた人物です。

思うに、こういう脇役たちは、昔話で言えば主人公が道の途中で出くわす、もの言う動物のようなものでしょう。彼らの助けを得られなければ、主人公は冒険をまっとうできません。同じように作品の脇役たちは、作者の意図よりも作者の無意識から出てきた主人公を補完する存在であり、ユング派の言葉で言うなら、影やトリックスターや、賢者やグレートマザーといった原型なのです。彼らをおろそかにしないのが創作のコツであり、作者自身が想定できなかった物語の奥行きに達するかどうかの分かれ目です。

創作作品は、作者の予想した範囲にとどまることなく、作者の無意識の領域にまで及んでこそ、初めて作品になるものです。無意識下の認識を意識下につれてくるのが、脇役の登場人物のようです。もの言う動物が、お話の最後には魔法にかかった王子だったり神様だったりするように。彼らに関しては、最初からきっちり設定を固めて考えてしまうと、化けてくれなくなり、恩恵に十分浴することができません。意図しない、行き当たりばったりで出てきたものを大事にし、自由に語らせる気分でいるのがいいみたいです。

ファンタジーだけに限ったことではないのかもしれませんが、このジャンルが人の心にある原始的な象徴を多く扱うだけに、ひときわ顕著なことがあります。自分の無意識から出てくるものを軽率に扱うと、墓穴を掘るはめになるということです。

現実世界の常識に収まるための接点も制限もないファンタジーという創作は、作者自身の無意識に多くの経路をつくります。われわれは意外に自分自身を知らないという認識がないと、ふたを開けてはいけなかったもののふたを開ける行為になるかもしれません。

他のだれの害にもならないけれど、作者自身を傷つける象徴というものが、どこかには眠っているものです。無自覚になんでも引っぱりあげて書くと、作品を書く行為が本人にとって破壊的にもなり得ます。

これを防ぐ手段としては、やはり、絵空事をばかにしない態度、自分を創作世界における全能者と考えて増長しない、謙虚な態度が一番でしょう。ファンタジーはけっして「何でもあり」ではないのです。古くから人間のイメージに巣くう存在には、それなりの敬意を払わなくてはいけません。まったくの無宗教である人も、おのれの神以外に頭を下げてはならない人も、ある種の敬虔さを持っている必要があります。私自身のことを言えば、ファンタジーの創作を通して初めてこういう気持ちを知りました。知ったというより、子ども心には感じていたことを思い出したといったほうが正しいかもしれません。自然は不思議で、人間も自然の一部だということ。自然の神秘が尽きないように人間も不思議で、私自身さえ私には不思議な存在だということ。

こういうことを肌身に感じられるだけでも、ファンタジーを書くことの意義はあるかもしれません。私たちは切り離された孤独な存在ではなく、遠い祖先につらなる何ものかをかかえた存在であり、存在することの神秘は、DNAの解読ができる現代においてもなお神秘だということを、信じられるだけでも救いがあるような気がします。

文庫版あとがき

この読書エッセイ集は、『ファンタジーのDNA』（理論社）として二〇〇六年十一月に刊行した本の文庫版です。文庫化にあたり、若干の修正を加え、タイトルをWEBエッセイ当時の『もうひとつの空の飛び方』に戻しました。現在三冊だけある、私の読書エッセイ集の最初の一冊です。

一年連載の約束が二年になり、終えたのが二〇〇五年でしたから、まえがきに「作品の執筆と重なった時期もあったけれど」とあるのは、『風神秘抄』（徳間書店）のことですね。

二〇〇〇年代前半というのは、「ハリー・ポッター」シリーズの空前の売れ方と映画化のヒット、および『指輪物語』の映画化「ロード・オブ・ザ・リング」のヒットで、いきなり国内でも海外長編ファンタジーの翻訳出版ブームが起きた時期でした。少数派をかこっていた私には、てのひら返しに見えたものです。日本の児童書出版社の多くが、分厚いファンタジーの出版を敬遠するのをずっと見てきたので。

それもあって、私はこの時期、自分自身の読書体験を語ってみたくなったようです。ブームであれば、少しは共感してくれる人もいるのではないかと。

文庫用の校正ゲラとして読み返すと、今も私は基本的に変わっていないと感じます。久しく読んでいなかったので、つい懐かしくなって『ふくろう模様の皿』と『フランバーズ屋敷の人びと』を読み返しました。ディズニーアニメ「バンビ」日本語吹き替え版（一九五五年）も、Ａｍａｚｏｎプライムビデオで視聴できました。アニメ「バンビ」を、手塚治虫（てづかおさむ）氏が百三十回以上観たことを知った上で再視聴すると、感慨深かったです。

エッセイ集で取り上げた作品群は、私が一生たずさえていく書物なのは疑えません。今よりさらに老いて再読することも、また楽しみになります。

それにしても、全体として「ナルニア国物語」への言及の多さが目につきますね。二〇〇六年の「ライオンと魔女」映画公開のせいで、「ナルニア」の再評価をとくに意識したのは確かです。そのため、書き下ろしの内容にも「ナルニア螺旋」を書いたのでした。

このころ、作品の映画化に便乗する形で、ルイスの評伝やトールキンの評伝も何冊も翻訳出版されました。エッセイ集を出した後の二〇一一年になりますが、ハンフリー・カーペンター著『インクリングズ〜ルイス、トールキン、ウィリアムズとその友人たち〜』（河出書房新社）が翻訳出版されたのには、思わず小躍りしました。

私は、ファンタジーとの出会いに「ナルニア国物語」を読み、最初にひな形として覚えてしまったので、これはどのようにも動かせません。けれども、私自身の「ナルニア」の評価には、年齢によって乱高下があり、その乱高下こそが個人の読書において意義深いと思えるのでした。そのあたり、『指輪物語』を読んで感心するのとは勝手がちがいます。

ただ、創作者としてのルイスとトールキンの人となりを知るようになると、ルイスよりトールキンに少し多くの共感をもつようです。ルイスが疎開してきたウィリアムズに夢中だったとき、一歩離れるトールキンの心情に寄り添いたくなるのでした。

最後の「私的ファンタジーの書き方」は、WEBエッセイより早く二〇〇二年にアエラムックの依頼で書いたので、少々おもむきがちがいます。ボーナストラックのようなものだと思って、かるく読み流してください。

ファンタジーの文章の書き方など千差万別でいいのに——と、当時も書きながら思っていました。あくまで私個人に通用する考えを述べたものです。ただし、いつわりを書いたとは思っていません。

今回の文庫タイトルの副題として、担当編集氏に「『枕草子』から『ナルニア国』まで」とつけていただきました。そのわりに『枕草子』への言及が「笑う平安貴族」だけで、他の日本作品といえば「虫のような小さな人」くらいなので、偏りが申し訳ないです。けれども、小学生の私を中心に据えると、このような比率で国内外の本を読みふけっていたのでした。

このエッセイ集を出した後には、現代の学園もので神霊や山伏や陰陽師が出てくる創作「RDG　レッドデータガール」シリーズ（KADOKAWA）を刊行しました。日本人が古くから培ってきた精神性に、ますます興味を感じています。さらに、紫式部「源氏物語」を『紫の結び』『宇治の結び』『つる花の結び』（理論社）の分冊にして全帖完訳したことも、大きな糧になったと感じています。今後は、日本古代を話題にしたエッセイも書けたらいいなと思っています。

文庫化には、角川文庫編集部の岡山智子さんに、大変お世話になりました。過去に単行本を出してくださった理論社の芳本律子さんにも、この場を借りて、お二人に深く感謝をささげます。

そして、「RDG レッドデータガール」シリーズに続きカバーイラストを引き受けてくださった酒井駒子(さかいこまこ)さん、これほど嬉(うれ)しいことはありませんでした。ありがとうございました。

二〇二〇年五月

荻原規子(おぎわらのりこ)

本書は、二〇〇六年十一月に理論社より刊行された単行本『ファンタジーのＤＮＡ』を改題、加筆修正のうえ、文庫化したものです。

目次・扉デザイン　大原由衣

もうひとつの空の飛び方

『枕草子』から『ナルニア国』まで

荻原規子

令和2年 7月25日　初版発行
令和6年 9月20日　3版発行

発行者●山下直久

発行●株式会社KADOKAWA
〒102-8177　東京都千代田区富士見2-13-3
電話　0570-002-301（ナビダイヤル）

角川文庫 22242

印刷所●株式会社KADOKAWA
製本所●株式会社KADOKAWA

表紙画●和田三造

●お問い合わせ
https://www.kadokawa.co.jp/（「お問い合わせ」へお進みください）
※内容によっては、お答えできない場合があります。
※サポートは日本国内のみとさせていただきます。
※Japanese text only

ISBN 978-4-04-108989-7　C0195

◆◇◇

角川文庫発刊に際して

角 川 源 義

第二次世界大戦の敗北は、軍事力の敗北であった以上に、私たちの若い文化力の敗退であった。私たちの文化が戦争に対して如何に無力であり、単なるあだ花に過ぎなかったかを、私たちは身を以て体験し痛感した。西洋近代文化の摂取にとって、明治以後八十年の歳月は決して短かすぎたとは言えない。にもかかわらず、近代文化の伝統を確立し、自由な批判と柔軟な良識に富む文化層として自らを形成することに私たちは失敗して来た。そしてこれは、各層への文化の普及滲透を任務とする出版人の責任でもあった。

一九四五年以来、私たちは再び振出しに戻り、第一歩から踏み出すことを余儀なくされた。これは大きな不幸ではあるが、反面、これまでの混沌・未熟・歪曲の中にあった我が国の文化に秩序と確たる基礎を齎らすためには絶好の機会でもある。角川書店は、このような祖国の文化的危機にあたり、微力をも顧みず再建の礎石たるべき抱負と決意とをもって出発したが、ここに創立以来の念願を果すべく角川文庫を発刊する。これまで刊行されたあらゆる全集叢書文庫類の長所と短所とを検討し、古今東西の不朽の典籍を、良心的編集のもとに、廉価に、そして書架にふさわしい美本として、多くのひとびとに提供しようとする。しかし私たちは徒らに百科全書的な知識のジレッタントを作ることを目的とせず、あくまで祖国の文化に秩序と再建への道を示し、この文庫を角川書店の栄ある事業として、今後永久に継続発展せしめ、学芸と教養との殿堂として大成せんことを期したい。多くの読書子の愛情ある忠言と支持とによって、この希望と抱負とを完遂せしめられんことを願う。

一九四九年五月三日